半沢英一

『坂の上の雲』批判

雲の先の修羅

東信堂

あの先で修羅《しゅら》はころがれ雲の峰

幸田露伴

はじめに

人が道に迷ったとき、そこに求められるのは現実を客観的に見ようとする平常心《へいじょうしん》であり、現実と願望を混同するあせりではないはずです。

ここで私が問題にしているのは、国民的作家・司馬遼太郎氏の代表作『坂の上の雲』が、本年（二〇〇九）秋から三年にわたりＮＨＫスペシャルドラマとして放映されることです。

『坂の上の雲』は日本とロシアが戦った日露戦争《にちろせんそう》（一九〇四～〇五）を、「坂の上の雲」がイメージされる、日本が世界に雄飛した明るい物語として描いた歴史小説です。

それをスペシャルドラマとして放映するＮＨＫの意図も、進むべき道が見えなくなった現在の日本人に、この明るい物語によって「日本人のアイデンティティ」を再確認させ、これから歩むべき道を示唆することにあるようです［45］。

しかしほんとうにそれで良いのでしょうか？

『坂の上の雲』は日露戦争を日本の祖国防衛戦争としていますが、日本が日露戦争の五年後（一九一〇）に韓国を植民地として併合《へいごう》したことは、誰でも知っています。

その日露戦争を、日本とロシアが韓国支配をめぐって争った戦争としない『坂の上の雲』は、どこか事実と合わないところがある物語ではないでしょうか？

いくら日本人が混迷しているからといって、そういったどこか事実と合わないところがある物語によって「日本人のアイデンティティ」を再確認していて、はたして良いのでしょうか？

こういった疑問を持たれる方もそれなりにおられると思います。

本書は、『坂の上の雲』にかかわるそういった疑問を、根本に戻って考えなおすために書かれました。

本書の第一の特色は、司馬氏が『坂の上の雲』を物語る前提とした歴史観と、司馬氏がその歴史観で物語った『坂の上の雲』の個々の事件の叙述について、そのおかしさを体系的に検証したことです（本書第1～6章）。

『坂の上の雲』の歴史観やそれにかかわる叙述を問題にした著作は多数出版されており、好著も多いのですが［41、42、43、44、47、58、64］、歴史観の批判はともかく、叙述のおかしさの指摘が断片的に終わっていることを残念に思っていました。

一介《いっかい》の数学者である私が本書を書こうと思った第一の理由はそこにあります。

管見《かんけん》では本書が、『坂の上の雲』は歴史観がおかしいだけでなく、その歴史観を維持するためその叙述で歴史事実をねじ曲げていることを、体系的に指摘した初めての本になると思います。

本書の第二の特色は、『坂の上の雲』を支持する「日本人のアイデンティティ」について、それを原理的なことから考えなおしたことです（本書第7～9章）。『坂の上の雲』にかかわる問題は歴史学だけで分かることではなく、「日本人のアイデンティティ」の問題にまで踏み込まなければ分からないと、私は前から感じていました。私が本書を書こうと思った第二の理由がそこにあります。管見では本書がそのような議論を試みる初めての本にもなると思います。

本書の第三の特色は、日露戦争終結直後の「連合艦隊解散の辞」にある、「百発百中の砲一門は百発一中の砲百門に匹敵する」という軍事思想に対し、体系的な数学的・歴史学的批判を行ったことです（本書付録）。

この軍事思想は日本軍の非科学的精神主義を増幅したことで有名ですが、これまでまとまった解説が書かれたことはありませんでした。またそれに対する批判は本書本文の『坂の上の雲』批判を、別の側面から補強するように思われました。

そこで数学者が『坂の上の雲』批判の本を書く機会に、この軍事思想に対して体系的な解説を残しておくことが私にとってささやかな義務のように思われました。

管見ではこの付録が「百発百中の砲一門は百発一中の砲百門に匹敵する」という軍事思想に対する、初めての体系的な解説になると思います。

こうして本書の内容は学際的で多岐にわたりますが、私の非力もあり、冒頭に述べた問題意識に十分応えられたか否かは読者のご判断を待たねばなりません。

しかし読者がご自分で考えをまとめるための「叩き台」にはなると考えます。なお読者が私の結論をうのみにするのではなく、最後はご自分で判断されるように、議論の典拠《てんきょ》や理路はできるだけ明確に示すよう心がけました。

『坂の上の雲』にかかわる問題に関心を持つ多くの方に、本書が読んでいただけることを希望してやみません。

目　次／雲の先の修羅――『坂の上の雲』批判

雲の先の修羅——『坂の上の雲』批判

第1章　『坂の上の雲』の呪縛力

1　私の司馬遼太郎体験

司馬遼太郎氏（一九二三～九六）は近代日本の小説家で、もっとも広く日本国民の間で読まれ、またもっとも影響力の強かった人と思われます。

歴史上の人物を描く司馬氏の語り口のうまさには定評があります。また単なる形式的なうまさだけではなく、氏には物欲や権力欲だけの人間を嫌い、有能だが名利《みょうり》に淡泊な人物を好む傾向があります。多くの司馬ファンは、そういった氏の人間観にもひかれるのだと思います。

私も（ませた）中学三年生だったとき、当時新聞に連載されていた『功名が辻』を読んだことをかわきりに、『竜馬がゆく』『新選組血風録』『国盗り物語』『関ヶ原』『城塞』『義経』『北斗の人』『真説宮本武蔵』『世に棲む日日』『峠』『覇王の家』……といった司馬氏の小説を（たぶん全作品の半分以上を）、高校から大学のころまで熱心に読みました。

私は今でも若いとき司馬氏の小説に啓発されたことに感謝し、また氏の大衆小説家としての力量を評価しています。

しかし自分なりに歴史の知識を持つにしたがい、司馬氏の学識が意外に狭いことが分かり、読むことに空しさを感じ、いつしか熱心な読者であることをやめました。

司馬氏の学識はたいしたものだと一般に思われていますが、私は残念ながらそのことを疑っています。

私がそれを疑うきっかけになったのは『坂の上の雲』ではなく別の小説（『箱根の坂』）でしたが、『坂の上の雲』でも氏の学識の意外な狭さを確認できるので（本書第23、27、29、32節、付録第十三節など）、そのことは読者のみなさん自らご判断ください。

とはいっても私は『坂の上の雲』が安直なだけの本と思っているわけでもありません。『坂の上の雲』はそれなりの魅力を持った小説だと私には思われます。さらに私には『坂の上の雲』が多くの日本人に対し「呪縛力《じゅばくりょく》」を持っているようにさえ感じられます。

そこでまず本章では、『坂の上の雲』はいかなる小説で、その魅力あるいは呪縛力はどういうところにあるかを見たいと思います。

2　『坂の上の雲』のあらすじ

『坂の上の雲』は、近代日本が帝政ロシアと闘った日露戦争（一九〇四〜〇五）を主題にした歴史小説です。

一九六八〜七二年に『産経新聞』に連載され、またそれと平行して一九六九〜七二年に文藝春秋から六巻本[25]として出版されました。六巻本の他に、文春文庫から八巻の文庫本としても出版されており、こちらの方が読まれているかもしれません。

超ベストセラーでこれまでなんと二〇〇〇万部以上売れたといわれます。

かなりの長編なので、読んでいない方や、読んだが記憶が不鮮明になっている方もおられると思います。そこで本節では『坂の上の雲』のあらすじを見ておきましょう。

『坂の上の雲』の主人公は、日露戦争で日本陸軍の騎兵部隊を率いた秋山好古《あきやまよしふる》（一八五九〜一九三〇）と、日本連合艦隊の参謀をつとめた秋山真之《あきやまさねゆき》（一八六八〜一九一八）の兄弟です。

秋山兄弟と四国松山の同郷で、真之の親友でもあった正岡子規《まさおかしき》（一八六七〜一九〇二）も、副主人公としてその生涯が描かれています。

そのあらすじを六巻本で記すと次のようになります。なお本書の引用はすべて六巻本から行うことにします。

第一巻　秋山兄弟の生い立ち。好古は陸軍士官学校に入り騎兵を専門とすることになり、真之は文学の道をあきらめて海軍兵学校に入る。正岡子規の文名が高くなる。日清戦争《にっしんせんそう》（一八九四〜九五年）が始まる。

第二巻　日清戦争は日本の勝利に終わる。真之の軍事研究家としての名声が高くなる。子規が日清戦争従軍の無理がたたって死ぬ（一九〇二年九月一九日）。日本とロシアの緊張が高まり、伊藤博文《いとうひろぶみ》（一八四一〜一九〇九）が妥協を求めロシアに行く（一九〇一年末）。一九〇三年、日本はロシアとの開戦を決意し、東郷平八郎《とうごうへいはちろう》（一八四七〜一九三四）を艦隊司令長官に、真之を参謀とすることが決まる。

第三巻　日露戦争始まる（一九〇四年二月八日）。日本の陸海軍が旅順《りょじゅん》のロシア要塞を攻めるが、乃木希典《のぎまれすけ》（一八四九〜一九一二）ひきいる陸軍第三軍の無能により、なかなか陥落しない。遼陽《りょうよう》会戦（一九〇四年八〜九月）、沙河《しゃか》会戦（一九〇四年一〇月）が戦われる。

第四巻　ロシアのバルチック艦隊が、日本を目指して出港する（一九〇四年一〇月一五日）。旅順要塞の要である二〇三《にひゃくさん》高地が、陸軍総参謀長・児玉源太郎《こだまげんたろう》（一八五二〜一九〇六）が臨時に指揮をとることにより陥落する（一九〇四年一二月五日）。旅順要塞も降伏し、乃木希典とロシア軍司令官ステッセル（一八四八〜一九一五）の水師営《すいしえい》の会見が行われる（一九〇五年一月五日）。

第五巻　黒溝台会戦《こっこうだい》（一九〇五年一月）が行われ、日本はかろうじて敗戦をまぬがれる。バルチック艦隊の日本への苦心の回航が続く。明石元二郎《あかしもとじろう》（一八六四〜一九一九）が、レーニン（一八七〇〜一九二四）などロシアの革命勢力と接触し、ロシアの攪乱《かくらん》工作を進める。奉天《ほうてん》大会戦（一九〇五年三月）が始まる。

第六巻　好古ひきいる日本の騎兵隊の陽動作戦などにより、ロシア軍は判断を誤り、奉天大会戦はかろうじて日本の勝利に終わる。日本の連合艦隊は対馬沖でバルチック艦隊を捕捉し、日本海海戦（一九〇五年五月二七日）が行われる。真之の作戦によって、日本連合艦隊はバルチック艦隊を殲滅《せんめつ》する。

3　戦争歴史文学のダイナミズム

『坂の上の雲』を読んで誰もが認めざるをえないのはそのスケールの大きさでしょう。日露戦争は、世界を制覇した欧米帝国主義列強の一大強国に対し、アジアの後進国が戦いをいどんで勝った世界史的戦争です。このような世界史的戦争の叙述には、事実そのものから来るダイナミズムが生じるようです。

『坂の上の雲』の、

遼陽会戦～旅順攻防戦～奉天大会戦～日本海海戦

とたたみかけるような叙述は、この長編を飽きさせず、終わりに近づくほど読者を引きずりこみ、いっきに読ませる力を持っています。

このような世界史的戦争の叙述に、まったく先例がないわけではありません。

例えば、ペルシア戦争（前四九二～前四七九）を記したヘロドトス（前五世紀）の『歴史』や、ナポレオン（一七六九～一八二一）とロシアの戦争（一八〇五～一二）を描いたトルストイ（一八二八～一九一〇）の『戦争と平和』があります。

『坂の上の雲』に描かれた日露戦争の描写のダイナミズムは、ヘロドトスの『歴史』における、

マラトンの戦い～テルモピュライの戦い～サラミス海戦～プラタイアの戦い

といった叙述、またトルストイの『戦争と平和』における、

アウステルリッツの戦い～ナポレオンのロシア侵入～ボロジノの戦い～モスクワからのナポレオンの敗走

といった叙述の迫力を想起させます。

ヘロドトスの『歴史』やトルストイの『戦争と平和』は、現存する人類最古の歴史書として、また世界文学の傑作として、人類全体の尊敬を受けている古典です。

『坂の上の雲』は少なくともそのスケールとダイナミズムにおいて、ヘロドトスの『歴史』やトルストイの『戦争と平和』に匹敵する力作であることを、疑うことはできません。

なお『坂の上の雲』とここに挙げた『歴史』および『戦争と平和』のより詳しい比較を、後で（第31、32節）行います。

4　『坂の上の雲』と日本人のアイデンティティ

けれども『坂の上の雲』が日本人におよぼす魅力の理由を、これまで述べてきた、司馬氏の語り口のうまさ、氏の人間観、戦争歴史文学としてのダイナミズムだけで済ますことはできません。

そうでなければこのような長編小説が二〇〇〇万部以上も売れるわけはありません。

『坂の上の雲』が主題とした日露戦争は、当時の超大国であったロシアに対し、「文明開化」後四〇年にみたないアジアの小国が戦争をいどみ、とにかく勝ったということで日本人にとって忘れることのできない大事件でした。

『坂の上の雲』には、日露戦争で各地の師団がどのような働きをしたかが、詳しく書かれています。例えば、日本軍壊滅の危険性さえあった黒溝台《こっこうだい》会戦の段で司馬氏は次のように述べています。

第八師団、つまり通称立見《たつみ》師団といわれる弘前師団は、熊本の第六師団とならんで日本最強の師団とされてきた。その師団の故郷である弘前にあっては、戦後、冬のいろり端で語られることといえば、この黒溝台の惨戦の話であり、さらにはかれらの生き残りの兵卒たちはひとりとして師団長立見尚文《たつみなおぶみ》をほめない者はなく、あの人がいたから勝ったということが、それらの回顧談のしめくくりのようになっていた。立見尚文が弘前では永く「軍神」として慕われていたということを、筆者はこのくだりを調べているときに知った。［25、第四巻、四八八～九頁、一部ルビ半沢］

『坂の上の雲』が、その父祖が日露戦争で戦った日本の大衆に、一種の懐かしさを覚えさせることも、理解できないことではありません。

私事にわたりますが、私の母方の祖父も一兵卒として日露戦争に召集されました。母から聞いた話では、祖父は東京外国語学校でロシア語を専攻したため、仙台で同郷（というより近所）だった陸軍参謀・松川敏胤《まつかわとしたね》少将（当時）の命令で、日露戦争中はその側に起居《ききょ》し、戦場で収集されたロシア語書類の解読にあたっていたそうです。

松川敏胤は、日露戦争で陸軍の作戦を指揮した総参謀長・児玉源太郎の懐刀《ふところがたな》とされ、日本軍二五万、ロシア軍三二万が激突した奉天大会戦の作戦計画を立てた人物で、『坂の上の雲』にもそのことが次のように記されています。

この大攻勢の作戦案を立案したのは、総司令部作戦主任の松川敏胤少将（昇進）であった。二十余万が三十余万にぶちあたる以上、その作戦は正統的思考法から外れざるをえない。

……

――なるほど、奇じゃなあ。

と、児玉源太郎をしていつもの明快さを失わしめ、しばらく考えこませてしまったという松川敏胤の作戦案は、簡単にいえば中央突破作戦である。［25、第五巻、二三二頁］

私は『坂の上の雲』で松川敏胤が登場するごとに、そのそばに起居していたはずの、私を可愛がってくれた祖父が忍ばれてなりませんでした。『坂の上の雲』は私個人にとっても、ある種の懐かしさを覚えさせる書物なのです。

ただし祖父は、日露戦争に反対した内村鑑三《うちむらかんぞう》（一八六一〜一九三〇）の影響を受けてクリスチャンとなった人でした。祖父は私が小学二年生のときに死んだのでそれを聞くことすらできませんでしたが、従軍した祖父の心境は複雑なものだったと思われます。

ともあれ、このように個々の日本人に、その父祖の事業に何かしら懐かしさを覚えさせる、つまり「日本人のアイデンティティ」とのかかわりこそ、『坂の上の雲』が現代の日本人におよぼす魅力、あるいは呪縛力の本質があると私には思われるのです。

第2章　『坂の上の雲』への疑問

5　『坂の上の雲』が無視した歴史上の大事件

さて前章で見たように、『坂の上の雲』は大きな魅力あるいは呪縛力を持った本ですが、その価値について私は大きな疑問を抱いています。

歴史小説としての『坂の上の雲』にまず感じる疑問は、日露戦争に関連する多くの歴史上の大事件が、『坂の上の雲』ではまったくふれられていないことです。

それらの内容については後で（第3、4章）説明することにして、『坂の上の雲』で無視されている主な歴史的事件を列挙すると次のようになります。

① 江華島事件《こうかとうじけん》、日朝修好条規《にっちょうしゅうこうじょうき》、壬午軍乱《じんごぐんらん》、甲申政変《こうしんせいへん》など、朝鮮開国から日清戦争に至るまでの諸事件
② 日清戦争開始時の日本軍による朝鮮王宮占領
③ 日清戦争中に行われた日本軍による旅順虐殺
④ 日清戦争直後の日本軍が関与した朝鮮王妃殺害
⑤ 日韓議定書、第一次日韓協約などによる、日露戦争中の日本による韓国侵略
⑥ ポーツマス条約、第二次日韓協約、第三次日韓協約、韓国併合など日露戦争直後から韓国併合に至る諸事件

もちろん歴史小説は歴史書ではありません。だから重要な史実すべてを取り上げる義務は一般的にはありません。けれども司馬氏は次のように、『坂の上の雲』が単なる小説ではなく、事実にもとづく歴史でもあると強調しています。

この作品は、小説であるかどうか、じつに疑わしい。ひとつは事実に拘束されることが百パーセントにちかいからであり、いまひとつは、この作品の書き手―私のことだ―はどうにも小説にならない主題を選んでしまっている。〔25、第四巻あとがき、四九九頁〕

そして『坂の上の雲』のほとんどの読者が、『坂の上の雲』を単なる小説でなく歴史であると信じて読んでいます。

このように歴史的大事件への言及が「ないないづくし」の歴史小説で、多くの日本人が歴史が分かったと思いこんでいる状況は、それだけでもかなり危ないことではないでしょうか？

6　日清戦争の帝国主義は定義の問題なのか？

またそれだけではなく、『坂の上の雲』の大量の歴史的事件の無視は、より剣呑《けんのん》な問題ともかかわっています。

なぜなら『坂の上の雲』は日露戦争を淡々と描こうとした小説ではありません。司馬氏自身が次のように言われたとおり、それを明るい「坂の上の雲」のイメージで描こうとした小説なのです。

このながい物語は、その日本史上類のない幸福な楽天家たちの物語である。やがてかれらは日露戦争というとほうもない大仕事に無我夢中でくびをつっこんでゆく。最終的には、このつまり百姓国家がもったこっけいなほどに楽天的な連中が、ヨーロッパにおけるもっとも古い大国の一つと対《たい》決《けつ》し、どのようにふるまったかを書こうと思っている。楽天家たちは、そのような時代人としての体質で、前をのみ見つめながらあるく。のぼってゆく坂の上の青い天にもし一朶《いちだ》の白い雲がかがやいているとすれば、それのみをみつめて坂をのぼってゆくであろう。［25、第一巻あとがき、四四八～九頁］

このように日露戦争を明るい「坂の上の雲」のイメージで描こうとする姿勢から必然的に要請されることでしょうが、司馬氏は日露戦争およびそれに先行する日清戦争を侵略戦争ではなかったとしています。

例えば司馬氏は日清戦争に対して次のようなコメントを与えています。

日清戦争とは、なにか。

「日清戦争は、天皇制日本の帝国主義による最初の植民地獲得戦争である」

という定義が、第二次大戦のあと、この国のいわゆる進歩的学者たちのあいだで相当の市民権をもって通用した。

あるいは、

「朝鮮と中国に対し、長期に準備された天皇制国家の侵略戦争の結末である」ともいわれる。というような定義があるかとおもえば、積極的に日本の立場をみとめようとする意見もある。

「清国は朝鮮を多年、属国視していた。さらに北方のロシアは、朝鮮に対し、野心を示しつつあった。日本はこれに対し、自国の安全という立場から朝鮮の中立を保ち、中立を保つために朝鮮における日清の勢力均衡をはかろうとした。が、清国は暴慢であくまでも朝鮮に対するおのれの宗主権を固執しようとしたため、日本は武力に訴えてそれをみごとに排除した」

前者にあっては日本はあくまでも奸悪《かんあく》な、悪のみに専念する犯罪者のすがたであり、後者にあってはこれとはうってかわり、英姿さっそうと白馬にまたがる正義の騎士のようである。国家像や人間像を悪玉か善玉かという、その両極端でしかとらえられないというのは、いまの歴史科学のぬきさしならぬ不自由さであり、その点のみからいえば、歴史科学は近代精神をよりすくなくしかもっていないか、もとうにも持ちえない重要な欠陥が、宿命としてあるようにもおもえる。

他の科学に、善玉か悪玉かというようなわけかたはない。たとえば水素は悪玉で酸素は善玉であるということはないであろう。そういうことは絶対にないという場所ではじめて科学というものが成立するのだが、ある種の歴史科学の不幸は、むしろ逆に悪玉と善玉とわける地点から成立してゆくというところにある。

日清戦争とはなにか。

その定義づけを、この物語においてはそれをせねばならぬ必要が、わずかしかない。そのわずかな必要のために言うとすれば、善でも悪でもなく、人類の歴史のなかにおける日本という国家の成長の度あいの問題としてこのことを考えてゆかねばならない。〔25、第一巻、三三五〜六頁〕

これは歯切れの悪い文章ですが、ここで司馬氏は、日清戦争における日本の「帝国主義」や「植民地獲得」や「侵略」を「定義」の問題、つまり主観的な言葉の問題としています。そこから進んで日清戦争に、「善でも悪でもなく、人類の歴史における日本という国家の成長の度あいの問題」という、明快とはいえない形容を与えています。

要するに司馬氏は、日清戦争を「帝国主義戦争」「植民地獲得戦争」「侵略戦争」と呼びたくないのだと思われます。

けれども「帝国主義」にしろ「植民地」にしろ「侵略」にせよ、辞書を引けば、

帝国主義…　軍事上・経済上、他国または後進の民族を征服して大国家を建設しようとする傾向。

植民地……　ある国の海外移住者によって、経済的に開発された地域。本国にとって原料供給地・

商品市場・資本輸出地をなし、政治上も主権を有しない完全な属領。

侵略………　他国に侵入してその領土や財物を奪いとること。

とあるように（『広辞苑』）、けっして意味があやふやな言葉ではありません。マルクス主義ではレーニンが「帝国主義」に独特の規定を与えたので、その狭い意味に使うことがあります［5］。

しかし明治時代から「帝国主義」は普通上記の意味で使われており、司馬氏もその意味で使っていると思います。明治時代の戦争肯定論者は、司馬氏のようにためらうことなく、堂々と「帝国主義」という言葉を使いました（例えば徳富蘇峰《とくとみそほう》［5］）。

本書でも「帝国主義」、「植民地」、「侵略」を普通の意味に使います。

したがって日清戦争が「帝国主義」戦争や「植民地獲得戦争」だったかは、「定義の問題」ではなく、歴史事実がその意味にあてはまるか否かという客観的に検証可能な問題にすぎません。

司馬氏はしきりに「善玉」「悪玉」という言葉を使いますが、日清戦争が「帝国主義戦争」だったか「植民地獲得戦争」だったか「侵略戦争」だったかは、史実がその意味にあてはまるか否かだけの問題で、そこに価値判断は関係ありません。

司馬氏が日清戦争を「帝国主義戦争」や「植民地獲得戦争」や「侵略戦争」であったことを否定でき

るのであれば、単に史実がそうでなかったことを淡々と指摘すれば良いだけのことで、「善玉」「悪玉」について大げさな言辞を労する必要はありません。

氏がしきりに「善玉」「悪玉」という言葉を振り回すのは、実はそれができないことへのあせりがあると感じられます。

ここで冒頭の懸念に立ち返れば、前節で指摘した『坂の上の雲』における大量の歴史的事件の無視とは、司馬氏が「日清戦争の帝国主義は定義の問題だ」と主張するのに必要なテクニックではなかったかという疑問も抱かざるをえません。

私たちはこのような疑問を第3章で検討します。

7　複眼的な歴史の見方

なおここで私がそうあるべきと考える歴史の見方を説明しておきたいと思います。

歴史とは複雑なもので、単純で一面的な見方でとらえられるものではなく、さまざまな視点から複眼的なとらえ方をしなければならないと、私は思っています。

韓国併合に至る過程でも、朝鮮宮廷における国王の実父・大院君《テウオングン》（一八二〇～九八）と、王妃・閔妃《ミンビ》（一八五一～九五）との間に激しい勢力争いがあり、また甲午農民戦争《こうごのうみんせんそう》（一八九四）などの民衆反乱もあり、日本はそれら朝鮮内部の抗争を利用しながら朝鮮（韓国）からの奪権を進めました。

そういったことだけでも、朝鮮（韓国）＝善玉、日本＝悪玉という単純すぎる図式で歴史をとらえることはできないと私も思います。

私の友人で朝鮮文化史の専門家・鶴園裕《つるぞのゆたか》氏も、韓国の教科書のある過度に民族主義的な記述を次のように批判しています。

　これでは「親日派」の問題や、「植民地化」と「近代化」の一筋縄ではいかない複雑な関係をうまく説明することはできないだろう。［36、一〇三頁］

私の歴史の見方は（前節の司馬氏の思い込みに反して）現代のおおかたの歴史家のそれと合致していると思うのです。

ただし、たしかに歴史は複雑なものですが、その複雑さを口実にして、概念がはっきりしている「帝国主義」や「植民地」や「侵略戦争」の問題をあやふやにして良いわけはありません。

歴史の複雑さを最初だけ問題にし、後はそれを口実に思考を停止し、逆に単純すぎる国民的アイデンティティに引きこもる人が、実に多いのは遺憾《いかん》なことです。

こういった「思考停止の口実」は他にもいろいろあり、本書でも適当な機会にときどきコメントしますが（第29、42節、おわりに）、ここではこれだけにとどめたいと思います。

8　日露戦争は日本の祖国防衛戦争だったのか？

次に『坂の上の雲』の主題・日露戦争に対する司馬氏のコメントを見てみます。それは『坂の上の雲』に散見されますが、集めてみると次のようになります。

① 明治初年の日本ほど小さな国はなかったであろう。産業といえば農業しかなく、人材といえば三百年の読書階級であった旧士族しかなかった。この小さな、世界の片田舎のような国が、はじめてヨーロッパ文明と血みどろの対決をしたのが、日露戦争である。［25、第一巻、六八頁］

② 日露戦争というのは、世界史的な帝国主義時代の一現象であることにはまちがいない。が、その現象のなかで、日本側の立場は、追いつめられた者が、生きる力のぎりぎりのものをふりしぼろうとした防衛戦であったこともまぎれもない。［25、第二巻、三六〇頁］

③ ちなみに、日露戦争は祖国防衛戦争であり、であればこそ民族をあげて戦い抜きつつあるが……［25、第五巻、二四三頁］

つまり司馬氏は日露戦争を「ヨーロッパ文明との血みどろの対決」「防衛戦」「祖国防衛戦争」ととらえています。

しかしこういったとらえ方は正しいのでしょうか。

まず日露戦争を「ヨーロッパ文明との対決」とすることは事実に合いません。

第一に、日本は日露戦争のため、ヨーロッパ大国中の大国イギリスと、日英同盟を結びました（一九〇二）。ヨーロッパの大国と同盟を結んだ上で戦った戦争が、どうして「ヨーロッパ文明との対決」と言えるのでしょうか。

第二に、日露戦争で使用された日本の兵器、例えば旅順戦で使われた大砲、日本海海戦で使われた戦艦、すべてヨーロッパ文明の産物です。槍や刀といった日本文明の武器ではなく、ヨーロッパの武器で戦った戦争が、どうして「ヨーロッパ文明との対決」と言えるのでしょうか。

第三に、日露戦争は膨大な公債によってまかなわれましたが、その公債を負担したのは、ロシア国内のユダヤ人迫害にいきどおったユダヤ人富豪でした。

そのことは『坂の上の雲』にも次のように記されています。

ともあれ、ユダヤ人が日本を応援した。この間のヤコブ・シフの援助理由について、高橋是清《たかはしこれきよ》の自伝によれば、

「出来るなら日本に勝たせたい、よし最後の勝利を得ることが出来なくとも、この戦いが続いているうちにはロシアの内部が治まらなくなって政変がおこる。……ロシアの政治があらたまって、ユダヤ人の同族はその虐政から救われるであろうと。これすなわちシフ氏が、日本公債を引きうけるにいたった真の動機であった」[25、第三巻、二八九頁、一部ルビ半沢]

ユダヤ人はそこで差別・迫害されていたとはいえ、れっきとした「ヨーロッパ文明」の成員です。その援助のもとに戦った戦争がなぜ「ヨーロッパ文明との対決」と言えるのでしょうか。

さらに日露戦争を「祖国防衛戦争」と呼ぶことには、その戦場からいって巨大な無理があります。第3節で言及した、ヘロドトス『歴史』のペルシア戦争や、トルストイ『戦争と平和』のロシアの対ナポレオン戦争は、ギリシアに攻め込んだペルシアとギリシアの間で、またロシアに攻め込んだフランスとロシアの間で戦われました。ギリシアやロシアにとって、それらの戦争は文字どおり「祖国防衛戦争」でした。

しかし日露戦争は、日本軍と日本に侵入したロシア軍との間で戦われたものではなく、日本から離れた中国東北部を主戦場として戦われました。日本海海戦は日本領海内で戦われましたが、バルチック艦隊の目的はウラジオストックへの入港で、日本領土への侵攻を目指したわけではありません。

おまけに司馬氏は別のところで、

日本には米以外の産物がなく、資源もない。こういう列島をとったところでひきあうものではない（むろん、ロシアの他の大官も、日本まで奪ろうとおもっている者は一人もいなかったが）。［25、第二巻、一七五頁］

と、日本本土がロシアに奪われる可能性が小さかったことを認めています。それなら氏の「祖国防衛戦争」という主張は何だったのでしょうか。

さらに日露戦争から五年後の一九一〇年に日本は韓国を「併合」しています。この併合は日露戦争の結果でないかという想像は、特別に日本近代史の知識がない人にも自然に浮かぶことでしょう。それなら日露戦争は韓国の支配権をめぐる日本とロシアの戦争であり「祖国防衛戦争」ではなかったことになります。

そして、ここでふたたび問題になるのは、本章冒頭に挙げた『坂の上の雲』における大量の歴史的事件無視が、司馬氏が「日露戦争は日本の祖国防衛戦争だった」と主張するのに必要なテクニックではなかったかということです。

私たちはこういった疑問を第4章で検討します。

第3章　日清戦争の帝国主義は定義の問題ではなかった

9　江華島事件とその後の日清間の政争

そこで前章で提起された

①　日清戦争の帝国主義は定義の問題なのか？

②　日露戦争は日本の祖国防衛戦争だったのか？

という二つの問いを、史実にもとづいて検討したいと思います。

本章では最初の問いを考えるために、日清戦争前後の歴史を駆け足で概観します。

歴史はそもそものはじめにさかのぼって見ることが必要なことがしばしばあります。

また日露戦争の本質はそれに先行する日清戦争の性格から、自ずから明らかになると私は考えています。さらに日清・日露両戦争の性格を語る事件は、むしろ先行する日清戦争にかかわって起きています。

そういったことから、『坂の上の雲』六巻本で一巻分の紙幅《しふく》しか与えられていない日清戦争に、本書が日露戦争以上の紙幅をさいている理由を了解いただけると思います。

さて明治維新（一八六八）を振り返るとき、吉田松陰《よしだしょういん》（一八三〇〜五九）以下いわゆる維新の志士のほとんどが、征韓論《せいかんろん》、すなわち朝鮮を支配下におこうという思想にとりつかれていたことに驚きを禁じえません[43]。

明治維新の最大の功労者ともいえる西郷隆盛《さいごうたかもり》（一八二七〜七七）が、征韓論政変（一八七三）に敗れて下野《げや》したことはよく知られています。けれども西郷を追った大久保利通《おおくぼとしみち》（一八三〇〜七八）たちが征韓に反対だったわけではなく、征韓の時期や手段が不適当だと思ったからにすぎません。

どうしてこのように征韓論が盛んだったかといえば、産業近代化のための市場が必要だったとか、欧米帝国主義に対抗するため勢力を拡大したかったといった当時の社会状況の他に、古代末期から日本にあった天皇制神話による、朝鮮蔑視《べっし》思想の影響が理由として挙げられます。

天皇制の聖典は八世紀初頭に完成した二つの歴史書『古事記《こじき》』『日本書紀《にほんしょき》』です。

『日本書紀』には「仲哀天皇《ちゅうあいてんのう》」の后であった「神功皇后《じんぐうこうごう》」なる神話的人物が、古代の朝鮮半島にあった新羅《しらぎ》・百済《くだら》・高句麗《こうくり》（『古事記』では新羅・百済）の三国を征伐し臣下にしたという「三韓征伐《さんかんせいばつ》」神話（『古事記』では「三韓征伐」神話）が記されています。

この神話は豊臣秀吉《とよとみひでよし》（一五三七〜九八）のときも、彼の朝鮮侵略を鼓舞《こぶ》するため利用されました[20]。また江戸時代には国学などがそれにもとづく朝鮮蔑視思想を喧伝《けんでん》し、それが明治の征韓論に連続しています[43、54]。

こうして朝鮮支配の願望にとりつかれていた明治政権は、一八七五年、当時鎖国していた朝鮮を開国させるため、朝鮮の首都・漢城《ハンソン》（現ソウル）への海からの玄関口に当たる江華島《カンファド》を、いきなり軍艦で砲撃する江華島事件《こうかとうじけん》を起こしました。

江華島事件に対する日本の説明は、飲料水を求め砲台に近寄ったところ朝鮮側から砲撃されたので応戦したというものです。しかし国交がない国の砲台に断りもなく軍艦が近づく行為は挑発以外の何ものでもありません。仮に飲料水を求めたということが事実だったとしても無法なことに違いはありません。

さらに二〇〇二年には鈴木淳氏によって、砲撃した軍艦艦長が長崎帰港直後に書いた飲料水のことなど何も書いていない報告が紹介され、はじめから計画的な挑発であったことが明らかになっています[44、一四六〜八一頁]。

このような江華島事件の結果、翌一八七六年、朝鮮は日本との間に日朝修好条規《にっちょうしゅうこうじょうき》を締結せざるをえないことになりました。

この日朝修好条規（およびそれに付け加えられた細則）は、朝鮮の開港場における日本の治外法権、日本の貨幣の朝鮮内での流通、日本との貿易において輸出入商品に関税をかけないことなどを朝鮮に認めさせた不平等条約でした。この不平等条約によって、日本の資本が巨大な利益を得たことはいうまでもありません［9］。

ところが日朝修好条規以後の社会不安により、漢城では一八八二年に反日的なクーデター壬午軍乱《じんごぐんらん》が起こりました。その結果、朝鮮の宗主国《そうしゅこく》だった清《しん》（中国）の発言権が高まり、日朝修好条規以来の日本の権益がおびやかされました。

それに対して日本は一八八四年、親日派を使って親日本政権をつくるクーデター甲申政変《こうしんせいへん》を起こしましたが、清の反撃にあって失敗しています［9］。

これらの歴史的事件が語ることは、一七七六年以来日本が朝鮮に大きな権益を有していたこと、ところが一八八〇年代からそこに清国が割って入り、朝鮮の支配権をめぐって日本と争い、日本を圧倒していたことです。

こういったことを『坂の上の雲』はいっさい書いていません。

10　計画的に行われた朝鮮王宮占領

前節で述べた朝鮮における清国の影響力の増大、それに対する日本のあせり、これこそが日清戦争の原因でした［9］。

そして日本が清国との軍事衝突を予想し軍備を整えているうちに、一八九四年、朝鮮に農民反乱、いわゆる「甲午農民戦争《こうごのうみんせんそう》」が起こりました。

朝鮮政府は自力でこの農民反乱を鎮圧できず、援軍を清国に求めました。このとき日本は、甲申政変で結ばれた天津条約《てんしんじょうやく》に、朝鮮有事の際は日清両国が出兵するという規定があることを名分に朝鮮に大軍を派遣しました。

ところが農民反乱軍は日清両国の出兵を知り、その内政への影響をおそれ政府軍と和解しました。また清国軍も日本が期待していた軍事行動を起こそうとはしませんでした。

このとき日本がいかに戦争のきっかけとなる軍事衝突を渇望していたかが、当時の外相・陸奥宗光《むつむねみつ》（一八四四〜九七）の著書『蹇蹇録《けんけんろく》』の次の記述からうかがえます。

むしろこの際如何にもして日清の間に一衝突を促すの得策たるべきを感じたるが故に、七月十二日、大鳥公使に向かい北京における英国の仲裁は已に失敗したり、今は断然たる処置を施すの必要あり、いやしくも外間より甚だしき非難を招かざる限りは何らの口実を用ゆるも差支えなし、速やかに実際の運動を始むべしと電訓せり。〔69、七三頁〕

そして陸奥が「実際の運動を始むべし」という電報を漢城の日本公使・大鳥圭介《おおとりけいすけ》（一八三三〜一九一一）に打ってから一一日後の一八九四年七月二三日早朝、日本軍による朝鮮王宮（景福宮《キョンボックン》）の軍事占領が行われました。

日清戦争は八月一日に日清両国が相互に宣戦布告して「正式に」始まりますが、それ以前の日本軍最初の軍事行動が朝鮮王宮の占領だったことは銘記されるべきです。

この王宮占領に対する日本軍の説明は、当時たまたま景福宮前を通りかかった日本軍に朝鮮軍が発砲し、やむをえず応戦し結果的に王宮を占領することになったというものです。陸奥も『蹇蹇録』で次のように述べています。

翌二十三日の払暁《ふつぎょう》を以て竜山に在営する若干の兵員を急に入京せしめたる際、王宮の近傍において突然韓兵より先ず発砲したるを以て我が軍はこれを追撃し、城門を押し開き闕内《けつない》に進入したり。〔69、七五頁、一部ルビ半沢〕

しかし、当時からこの説明を信じた人はよほど従順な日本人以外にはいませんでした。

さらに一九九四年には中塚明氏によって、福島県立図書館の旧陸軍未発表資料のなかから「朝鮮王宮ニ対スル威嚇的運動」という当時の（表に出されなかった）報告書が発見され、朝鮮王宮占領が日本軍の当初からの計画であったことが明らかになっています［42、43、44］。

この朝鮮王宮占領事件も『坂の上の雲』にはまったく書かれていません。

11 旅順虐殺

日清戦争で日本軍は海に陸に連戦連勝を重ね、一一月二一日には旅順を落としました。

このとき旅順市内に突入した日本軍は、一般市民をふくむ一万八千人ともいわれる人々を虐殺する大事件を起こしました。

敗走する中国軍兵による日本兵捕虜虐殺などの挑発行為が、虐殺を誘因したといわれます。しかし仮にそうであったとしても一般市民の無差別虐殺が許されるわけもありません。

この旅順虐殺は現場にいた複数の欧米人記者によって世界に発信されました。

第一報は英国『タイムズ』の特派員であるトーマス・コーウェンによるもので、一二月三日付『タイムズ』に載った記事は次のようなものです。

清国軍は、最後まで抵抗した。清国兵が平服に武器を隠し持っているのを、私（＝コーウェン）は目にしたし、爆裂弾を隠し持っているのも見つけた。

民間人が戦闘に参加し、家々から発砲し、それゆえに彼らを根絶《エクスターミネート》する必要があると判断した旨を日本軍は報告している。日本軍は、日本人捕虜の死体のうちの幾つかが生きたまま火焙《ひあぶ》りにされたり、手足を切断されたりしたのを目にし、より激昂したのであった。

私は次ぐる《（ママ）》四日間、市街では抵抗のないのを知っていた。日本兵は全市街を略奪し、そこにいるほとんど全ての人々を殺戮した。ごく少数ではあるが、婦女子が誤って殺された。

多数の清国人捕虜が、両腕を縛られ、衣服を剥がされ、刃物で切り刻まれ、切り裂かれ、腸《はらわた》を取り出され、手足を切断されたことを、私はさらに陸奥《むつ》子爵《ししゃく》に伝えた。多くの死体は、部分的に焼かれた。［8、二六～七頁、一部ルビ半沢］

おりしもアメリカとの条約改正を控えていた日本政府が、この虐殺事件（というよりもそれが報道されたこと）に激しく動揺したことが『蹇蹇録』の次の記述に示されています。

米国は我が国に対し最も好意を懐《いだ》くの一国なり。従来条約改正の事業の如きも他の各国において許多《あまた》の異議ある時にも、独り米国のみは毎《つね》に我が請求をなるだけ寛容せんことを努めたり。……しかるに彼の国の憲法に拠り総て外国条約は元老院の協賛を待つべき規定なるを以て、米国政府はこの新条約を元老院に送附したり。その後いくほどもなく、不幸にも彼の旅順口虐殺事件という一報が世界の新聞紙上に上るに至れり……［69、一二六頁］

井上晴樹氏の労作『旅順虐殺事件』［8］には事件の写真や当時の報道が紹介されています。また同書には、陸奥がコーウェンなどジャーナリストに対し、同事件隠蔽のため買収工作を行ったことも紹介されています（コーウェンははっきりと断ったそうです）。

さて現在、旅順虐殺の殉難者は、旅順市内の「萬忠墓《まんちゅうぼ》」という集団墓に祀られています。私は二〇〇五年九月に旅順を訪れたとき、中国人ガイド氏に「萬忠墓」に参ることを希望しました。ガイド氏は「萬忠墓」を知っている日本人に驚いたようでしたが、同所は外国人に開放されておらず訪問が許されていないとされ、私の希望は断られました。

帰国後、よく中国を訪れている知人にその話をしたら、自分は案内されて見てきたという話でした。ガイド氏の考え方の違いか、ガイド氏が私を信用しなかったからか、事情はよく分かりません。

この旅順虐殺事件も『坂の上の雲』にはまったく書かれていません。

12　下関条約が語る日清戦争の本質

日清戦争は日本の完勝に終わり、下関において講和条約が結ばれましたが、その第一条は次のようなものでした。

清国は朝鮮国の完全無欠なる独立自主の国たることを確認す。因《よ》って右独立自主を損害すべき朝鮮国より清国に対する貢献典礼等は将来全く之を廃止すべし。[9、九八頁]

つまり清国は朝鮮の宗主国という地位を失ったことを認め、朝鮮に対する影響力をいっさい放棄するということです。ここに日清戦争の本質、すなわち日清戦争が日本と清国の朝鮮支配権をめぐる戦争だったことが端的に示されています。

なお、ここで日本が清国に朝鮮を「完全無欠なる独立自主の国」であることを認めさせた反面、自分たちは朝鮮をまったくそう扱わなかったことは次節以下に見るとおりです。

さらに日本は清国から、賠償金の他に遼東半島《りょうとうはんとう》・澎湖島《ほうことう》・台湾の割譲を認めさせようとしました。このうち遼東半島は、満州・朝鮮への野望を示し始めたロシアが、ドイツとフランスと連盟して行った「三国干渉《さんごくかんしょう》」（一八九五年四月二三日）により中国に返さざるをえませんでしたが、台湾は現地民に対する苛酷な征服戦争を行ってこれを領有しています［52、第4章］。

こうして日本は海外に植民地を持つに至り、後進ながられっきとした帝国主義国家として欧米列強の仲間入りを果たしたのです。

13 計画的に行われた朝鮮王妃殺害

以上で日清戦争に直接かかわる事件の説明を終わりますが、ここではそれに付け加えて、日清戦争直後の朝鮮で起こった大事件を述べておかなければなりません。

それは一八九五年一〇月八日早朝、日本公使・三浦梧楼《みうらごろう》（一八四七～一九二六）の指令のもとに日本の軍人・民間人が朝鮮王宮（景福宮《キョンボックン》）に乱入し、朝鮮国王妃・閔妃《ミンビ》（死後の贈り名は明成皇后《ミョンソンファンフ》）を殺害した事件です。

閔妃は夫の朝鮮国王に決定的な影響力を持ち、当時の朝鮮政府の事実上の指導者でした。日露戦争後、前節で述べた「三国干渉」でロシアの威信を目のあたりにした朝鮮政府内に、ロシアに接近することで日本を牽制《けんせい》しようとする動きが生じ、その中心に閔妃がいたのです。

そこで「三国干渉」後、朝鮮における権威の失墜にあせった日本は、朝鮮への公使として武断派の三浦梧楼を送りました。三浦は日本の軍人と民間人からなる閔妃暗殺隊を組織し、王宮に乱入させ閔妃を殺害しました。事件後、三浦や犯人たちは日本に召還され裁判にかけられましたが、全員無罪になっています［9、35］。

こういった事件の経過だけでも、朝鮮王妃殺害が単なる出先の暴発ではなく、日本の「国家意志」が働いていたことが推察できます。

さらに最近上梓《じょうし》された金文子《キムムーンジャ》氏の労作『朝鮮王妃殺害と日本人』［19］は、軍や官庁の資料を克明に追跡することにより、王妃殺害が日本国政府中枢が関与した計画的犯行であることを立証しました。金氏は日本が王妃を殺害した動機を、日清戦争時に朝鮮にはりめぐらした日本の軍用電信設備が、閔妃の勢威によって取り消されることへの恐怖だと推定しています。

マルコーニ（一八七四〜一九三七）が無線通信の実験に成功したのが奇しくもこの前年の一八九四年で、無線通信はその数年後から実用化され始めました。しかしこの当時は有線通信しかリアルタイムの通信手段がなく、通信回線の軍事・政治的価値は計り知れないものがあり、金氏の推定には説得力があるように私には思われました。

この朝鮮王妃殺害事件は韓国では教科書にも書かれ［67］知らない人もいません。景福宮の閔妃が殺された場所には現在「明成皇后遭難之地」という石碑が立っており［22］、私は一九九二年に同所を訪ねました。しかし日本の一般的なソウルの案内書には、景福宮の解説部分でさえ「明成皇后遭難之地」のことは書いてありません。

この朝鮮王妃殺害事件も『坂の上の雲』にはまったく書かれていません。

14 日清戦争の帝国主義は定義の問題ではなかった

ここまでの検討から私たちは、「日清戦争の帝国主義は定義の問題なのか?」という問いに対し、日清戦争が「帝国主義戦争」であり「植民地獲得戦争」であり「侵略戦争」であったことは事実が語っていることであり、それを定義の問題とすることはできないと、明確に答えることができたと思います。

司馬氏も、

日本は、日清戦争の結果、二億両《テール》の賠償金と、領土を得た。領土は、台湾および澎湖島《ほうことう》、および遼東半島である。〔25、第二巻、一四六頁〕

と、日清戦争で日本が中国の領土を奪ったことを認めています。氏は「三国干渉」における「ロシアの横暴」を紹介するために、その前提となる日本の領土獲得を書かざるをえなかったのでしょうが、日清戦争による植民地獲得の事実を認めて何が「帝国主義は定義の問題」なのでしょうか。

さてこの章で確認した多くの歴史的事件は『坂の上の雲』の明るいイメージを破壊するものです。したがって今私たちは、『坂の上の雲』の大量の歴史的事件の無視は、司馬氏が「日清戦争の帝国主義は定義の問題」と主張するのに必要だったのではないかという第6節での問いに、そうであろうと推定することができます。

個々の事件はともあれ、これだけ体系的な歴史的事件の無視が、まったくの偶然であるとはとても思えないからです。

ただしそれぞれの事件が無視された理由が何であったかという検討は、第5章で行いたいと思います。

なおこれは余談になりますが、『坂の上の雲』の副主人公・正岡子規は『坂の上の雲』全六巻の第二巻半ばで病死し舞台から退きます。あまり「副主人公」の役割を果たしているとは思われません。

ところで本章で説明してきたように、『坂の上の雲』では日清戦争に至る歴史的経過がほとんど言及されていません。普通ならそのことを読者は不審に思うはずです。しかし『坂の上の雲』では日清戦争に至る時間帯が正岡子規の話に費やされ、そのことに違和感を覚えさせない仕組みになっています。

私は、どこまでが司馬氏の意識的なテクニックなのか確信は持てないのですが、『坂の上の雲』における正岡子規の役割とは、日清戦争に至る歴史的経過から読者の注意をそらすことではないかと、昔から疑っているのです。

第4章　日露戦争は日本の祖国防衛戦争ではなかった

15　満韓交換論

前章に引き続き本章では、「日露戦争は日本の祖国防衛戦争だったのか」という問いを検討したいと思います。そのためにまず日露戦争前後の歴史を駆け足で概観します。

なお朝鮮は一八九七年に国号を「朝鮮」から「大韓帝国」に変えたので、以下の記述では朝鮮を「韓国」と呼ぶことにします。

さて一九〇〇年に北清事変《ほくしんじへん》（いわゆる「義和団《ぎわだん》の乱」）が起こりました。外国人とキリスト教に反対する中国の民衆運動です。この運動を鎮圧するために、イギリス、フランス、ドイツ、オーストリア、イタリア、ロシア、アメリカ、日本の八カ国が連合して北京に出兵しました。

このときロシアは満州に出兵したままそこに居座ります。

それに先だちロシアは、三国干渉で清国が保持できた旅順を清国から租借《そしゃく》し強靭な要塞を築き上げていました。

帝政ロシアがいよいよ南下の野望を表したわけで、韓国から清国を駆逐したばかりの日本は、こんどは清国とは比較もできない強国の脅威に戦慄《せんりつ》しなければなりませんでした。

そこで日本がロシアとの妥協案として考え出したのが、日本はロシアの満州での権益を認め、その替わりにロシアは日本の韓国での権益を認めるという「満韓交換論《まんかんこうかんろん》」でした。

満韓交換論を持論とした伊藤博文は、一九〇一年末にロシアのペテルブルグを訪問し、ロシア政府の実力者ウィッテ（一八四九～一九一五）と交渉しています。

一時期伊藤は交渉の成功を確信したようで、ベルリンから当時の首相・桂《かつら》太郎《たろう》（一八四八～一九一三）に対し次のような電文を打っています。

先方ヲシテ韓国ニ於ケル工業上、商業上、政治上、且ツ又軍事上ノ事項（最モ軍事的動作ハ叛徒《はんと》及ビ類似騒乱ノ鎮圧ニ限ルトシテ）ニ至ル迄《まで》、日本ノ独占的自由行動ヲ認ムルコトヲ肯諾セシメタリ。

［10、九三頁、一部ルビ半沢］

しかしこれは伊藤のぬか喜びだったようで、満韓交換論は実現しませんでした。のみならず伊藤の動きはむしろイギリスに日本とロシアの接近を懸念させたようで、当時同時に模索されていた、日英同盟の成立をうながす結果となりました。

もっとも日本はその後も満韓交換論の実現に望みをかけ、日露間の緊張が高まった一九〇三年の交渉でもロシアにそれを提案しています。その交渉が決裂したことで日露戦争が始まったのです[9、10]。『坂の上の雲』は伊藤博文の満韓交換論外交について、不審な記述をしています（第25節後述）。

16　日露戦争下の韓国侵略

こうして日本とロシアの緊張が高まる一九〇四年一月二一日、韓国は局外中立宣言を出しました。しかし同年二月八日に日露戦争が始まるや、日本は韓国の中立宣言を無視し漢城を制圧し、日本軍の韓国駐屯や日本への軍事協力を強要する「日韓議定書《にっかんぎていしょ》」を韓国に強制しています。
「日韓議定書」は韓国にとって屈辱的な内容であり、特にその第四条には、
……大韓帝国政府ハ、右大日本帝国政府ノ行動ヲ容易ナラシムル為メ十分便宜《べんぎ》ヲ与フル事（大日本帝国政府ハ、前項ノ目的ヲ達スル為メ、軍略上必要ナル地点ヲ臨機使用スル事ヲ得ル事）[10、一一二～三頁、

ルビ半沢］

という、日本軍による韓国の土地接収を可能にする条文さえ盛り込まれました。

その結果、日露戦争中に韓国の土地が大量に日本に収奪された様子を、当時韓国にいたカナダ人ジャーナリスト、F・A・マッケンジーは次のように証言しています。

日本政府は、明らかに、できるだけたくさんの韓国の土地の所有を達成しようとしていた。日本軍当局は、ソウル近郊の河川沿岸地帯や、平壌の周辺地、北方の広大な地帯、鉄道沿線の細長い良好地など、韓国内のもっとも良い敷地の大部分に、杭を打って境界を定めた。もちろん、名目的な代価総額が、韓国政府に補償として支払われたが、その金額たるや、その接収した土地のほんとうの価格の二十分の一にもみたないものであった。それを拒んだ人は、ほとんどの場合まずなかったが、接収を承諾した個人所有者に対しても、公正な価格の十分の一から二十分の一が支払われただけであった。国土は、戦争遂行のためという口実のもとに、日本軍によって収奪された。数ヶ月以内に、その大部分は、日本人の建築業者や商人に払い下げられ、日本人居留地がその土地の上に成長したのである。［14、一一一～二頁］

さらに韓国が、財務に関しては日本政府推薦の財務監督の、外交に関しては日本政府代表の意見を聞くことが規定された「第一次日韓協約」が、日本軍の制圧のもとに調印されました（一九〇四年八月二二日）。

こうして日露戦争下に、韓国から土地や財務・外交権が奪われていく事態が進行していました。『坂の上の雲』はこのような日露戦争下の韓国侵略にいっさい沈黙しています。

17　ポーツマス条約が語る日露戦争の本質

さて日本は旅順攻防戦、奉天大会戦、日本海海戦で勝利をおさめ、また明石元二郎の扇動工作によりロシアの治安悪化に成功しました。こうしてロシアは日本との戦争継続どころか、国内からの革命に恐怖しなければならない事態に立ち至りました。

その結果、日露戦争の講和会議がアメリカのポーツマスで開かれ、紆余曲折《うよきょくせつ》を経た後に講和条約が調印されました（一九〇五年九月五日）。

日清戦争の本質がその講和条約であった下関条約に現れていたように、日露戦争の本質も、次に示すポーツマス講和条約第二条に現れています。

露西亜《ロシア》帝国政府ハ、日本国ガ韓国ニ於テ政事上、軍事上及経済上ノ卓絶ナル利益ヲ有スルコトヲ承認シ、日本帝国政府ガ韓国ニ於テ必要ト認ムル指導、保護及監理ノ措置ヲ執ルニ方《あた》リ、之ヲ阻礙《そがい》シ、又ハ之ニ干渉セザルコトヲ約ス。……〔10、一七六頁、一部ルビ半沢〕

これは露骨にいえば、日本がこれ以後韓国に何をやろうがロシアはいっさい口を出さないということです。

このポーツマス条約第二条の実現に日露戦争の目的があったことは、日本政府が講和会議全権委員に課した「絶対的必要条件」の第一が、

韓国ヲ全然我自由処分ニ委スルコトヲ露国ニ約諾《やくだく》セシムルコト〔10、一七四頁、ルビ半沢〕

としたことからも疑問の余地はありません。

ポーツマス条約はそれ一つだけでも、日露戦争が何のための戦争であったかを語ってやまないものといえるでしょう。

18 日露戦争の結果としての韓国併合

日露戦争が何のための戦争であったかはこれまでの検討で明らかですが、念のため最後に日露戦争直後から韓国併合に至る過程を見ておきましょう。

日本はポーツマス講和条約調印直後の一九〇五年一一月、漢城と王宮（慶雲宮《キョンウングン》）を武力制圧した状況下で、韓国にその外交権を奪う「第二次日韓協約」を強要しました。

韓国皇帝・高宗《コジョン》（一八五二～一九一九、閔妃《ミンビ》の夫君）は「第二次日韓協約」を、

最劣等国、例セバ彼ノ列国ガ阿弗利加《あふりか》ニ対スルト同一ノ地位ニ立ツノ感ナキカ〔10、二〇二頁〕

と、つまり韓国がアフリカの植民地同等の国になることだと、特派大使・伊藤博文に哀訴《あいそ》しました。しかし伊藤は非情に朝鮮政府の官僚を脅迫し、「第二次日韓協約」に調印させています（一一月一七日）。

この「第二次日韓協約」締結直後の一一月二〇日、韓国の『皇城新聞《ファンソンシンムン》』が、

この日こそ声を放ち大いに泣くべし〔9、一六七頁〕

という論説を掲載したことはよく知られています。

さらにその二年後の一九〇七年に日本は高宗を強引に退位させ、韓国からその内政権を奪う「第三次日韓協約」を強制し、さらに韓国軍隊を解散させました。その結果、韓国各地に日本に対抗する義兵《ぎへい》の反乱が起こり、日本軍による凄惨な鎮圧が行われました。

前々節でその文章を引用したマッケンジーは、一九〇七年秋、堤川《チェチョン》付近の義兵反乱地域に単身入り、

> われわれは、来る日も来る日も、焼きつくされた村落、荒れ果てた町、見捨てられた田舎を、ひきつづき通り過ぎながら旅をした。[14、一八九頁]

と、日本軍が義兵のゲリラ戦を鎮圧するため地域の村落すべてを無差別に焼き尽くした様子を記しています。さらにマッケンジーは義兵と出会い、

義兵：1907年マッケンジー撮影

われわれは死ぬほかはないでしょう、結構、それでいい、日本の奴隷として生きるよりは、自由な人間として死ぬ方がよっぽどいい［14、二〇二頁］

という、彼らの人間の尊厳《そんげん》を示す言葉も書きとどめています。

また安重根《アンジュングン》（一八七九〜一九一〇）が一九〇九年一〇月二六日、伊藤博文をハルビン駅で射殺したこともよく知られています［11］。

安重根は旅順で死刑にされましたが、現在は韓国救国の英雄とされソウル市南山公園の安重根義士紀念館に顕彰されています。

私は前に（第13節）ふれた一九九二年の韓国旅行で同館も訪ねました。その庭に安重根の旅順獄中の書を刻んだ、

志士《しし》仁人《じんじん》は身を殺して仁《じん》を成す

という石碑が建っていたのを鮮明に記憶しています。

この碑文は『論語』の一文（巻第八衛霊公第十五）を略したもので、私はそのとき宮崎市定《みやざきいちさだ》氏が『論語』

の「仁」はときに「自由」と訳すべきとされていたことを思い出し[68、一四二頁]、この碑文は

自由に志す人間は生命を捨ててでも自由を実現するのだ

と訳せるなあと思いました。安重根もまた人間の尊厳を示す言葉を残していたのです。

そしてこのような韓国人民の激烈な抵抗を武力で鎮圧し、一九一〇年八月二二日に日本は韓国を併合しました。これこそが日露戦争の結果だったのです。

19　日露戦争は日本の祖国防衛戦争ではなかった

こうして私たちは「日露戦争は日本にとって祖国防衛戦争だったのか？」という問いに対し、日露戦争が日本とロシアが韓国の支配権を争った戦争であったことは、

① 日露戦争直前の満韓交換論
② 日露戦争下の韓国侵略
③ 日露戦争直後のポーツマス条約

④　日露戦争五年後の韓国併合

という歴史経過自身が語っているところであり、日露戦争が日本の祖国防衛戦争ということは事実に反すると、明快に答えることができたと思います。

ところでこの章で確認した多くの歴史的事件も『坂の上の雲』の明るいイメージを破壊するものです。

したがって今私たちは、『坂の上の雲』の大量の歴史的事件の無視は、司馬氏が「日露戦争は日本の祖国防衛戦争だった」と主張するのに必要だったのではないかという第8節での問いに、そうであろうと推定することができます。

個々の事件はともあれ、これだけ体系的に歴史的事件が無視されていることが、意図的でないとはとても思えないからです。

ただし個々の事件の無視が、どのような事情によるのかという検討は、次章で行いたいと思います。

第5章　空想歴史小説『坂の上の雲』

20　司馬氏が隠した（？）朝鮮における日本の権益

ここまでの検討で私たちは、『坂の上の雲』の日清・日露両戦争に対する歴史観が、事実に反していることを確認しました。

またそこでの大量の歴史的事件無視は、その虚構の歴史観を主張するため意図的に行われたことを推定しました。

本章ではこの推定を確認するため、『坂の上の雲』の個々の事件の無視を一つ一つ検討し、それがどういう理由によるものかを考えていきたいと思います。

本節ではまず「江華島事件とその後の日清間の政争」（第9節）に対する『坂の上の雲』の沈黙につい

て考えます。

江華島事件（一八七五）とその結果である日朝修好条規（一八七六）は、近代日本と朝鮮の関係が、最初から日本が朝鮮に権益を持つという形で始まったことを意味し、壬午軍乱（一八八二）や甲申政変（一八八四）は、日本が清国と朝鮮における権益を争っていた事実を示すことを私たちは見ました（第9節）。

「朝鮮における日本の権益」は、日露戦争を「坂の上の雲」という明るいイメージで語ろうとする『坂の上の雲』にとって「不都合な真実」であり、司馬氏のこれらの事件に対する沈黙には動機があります。

しかも司馬氏はそのことに単に沈黙しているだけでなく、

切実というのは、朝鮮への想いである。朝鮮を領有しようということより、朝鮮を他の強国にとられた場合、日本の防衛は成立しないということであった。［25、第一巻、三四三頁］

として、日本にとって朝鮮の意味は軍事的なものだけと言わんばかりのコメントも与えています。間接的ながら「朝鮮における日本の権益」の存在を隠した様子もあるのです。

だから司馬氏は「朝鮮における日本の権益」を意図的に隠したとも思われるのですが、（本書のこれからの指摘でおいおい分かってきますが）司馬氏の学識の過大評価は危険で、司馬氏が近代史の経済的側面に疎《うと》かったということも考えられます。

そこでここでは、『坂の上の雲』における「朝鮮における日本の権益」の無視は、司馬氏の意図的な隠蔽と単なる無知、双方の可能性があると暫定的《ざんていてき》ながら結論しておきます。

21　司馬氏が隠した朝鮮王宮占領事件

また『坂の上の雲』は日清戦争開始時の朝鮮王宮占領事件（第10節）を語りません。

朝鮮王宮占領事件は第10節で説明したように最初から計画的なものでしたが、仮に日本が当時言っていたように偶発的な出来事であったとしても、「坂の上の雲」の明るいイメージを破壊する「不都合な真実」であることに変わりはありません。

『坂の上の雲』がそれを無視したことには動機があります。

そして司馬氏がこれを知っていながら意図的に隠したことは、『坂の上の雲』の次の記述から明らかです。

大鳥《おおとり》は、韓国朝廷の臆病につけ入ってついにはその最高顧問格になり、自分の事務所を宮殿にもちこんだ。

韓国に対する大鳥の要求はただふたつである。「清国への従属関係を断つこと。さらには日本軍の力によって清国軍を駆逐《くちく》してもらいたいという要請を日本に出すこと」であった。が、韓国側は清国が日本よりもはるかに強いと信じているため、この要求を容れることを当然ながらためらった。

しかし七月二十五日、ついに韓国はこの要求に屈し、大鳥に対し清国兵の駆逐を要請する公文書を出した。[25、第一巻、三五五頁、一部ルビ半沢]

司馬氏は「韓国」(この時点での国号は「朝鮮」ですが)が、一八九四年七月二五日、日本公使・大鳥圭介に「清国兵の駆逐を要請する公文書を出した」こと、その前に大鳥が「韓国朝廷の臆病につけ入ってついにはその最高顧問格になり」「自分の事務所を宮殿にもちこんだ」ことを記しています。

明らかに司馬氏はそれらが可能になった事情、つまり七月二五日の二日前に起こった王宮占領のことを知っていたに違いありません。しかし当然それを書くべきところなのに、そのことについては沈黙しているのです。

だから『坂の上の雲』における朝鮮王宮占領事件の無視は、司馬氏の意図的な隠蔽だと結論できます。

22　司馬氏が隠した（？）旅順虐殺

また『坂の上の雲』は旅順虐殺（第11節）にも沈黙しています。旅順虐殺も『坂の上の雲』にとって、「坂の上の雲」の明るいイメージを壊す「不都合な真実」であることはいうまでもありません。旅順虐殺の無視にも動機があります。

このことに関連する『坂の上の雲』の記事は次の二つです。

①　「半年はかかる」

といわれた旅順要塞は、おどろくべきことにまる一日で陥《お》ちてしまった。

守備兵の大部分は金州方面ににげた。この攻撃での日本軍の戦死は将校一名、下士と卒は二百二十九名にすぎない。勝利の最大の因は、日本軍のほうにない。このころの中国人が、その国家のために死ぬという観念を、ほとんどもっていなかったためである。［25、第一巻、四〇一〜二頁］

②　日本人が日清戦争や北清事変を戦ったとき、軍隊につきものの掠奪《りゃくだつ》事件は一件もおこさなかったということが、世界じゅうのおどろきを誘った。［25、第五巻、七七頁］

ここで①は『坂の上の雲』の日清戦争記述における旅順陥落の段の記事ですが、虐殺事件への言及はまったくありません。

さらに②で司馬氏は日本軍は日清戦争時に「掠奪事件は一件もおこさなかった」「世界中のおどろきを誘った」と（旅順虐殺を考えれば）事実に反する記述をしています。

こういった『坂の上の雲』の記述をどう考えるべきでしょうか。

第11節で引用したように、陸奥宗光の『蹇蹇録《けんけんろく》』には陸奥自らがこの事件への対応に苦慮したことが記されています。

かつての私は、司馬遼太郎氏が『蹇蹇録』を読んでいないとは思い難かったので、司馬氏は旅順虐殺を知っていながら意図的にそれを隠蔽していると判断していました。

しかし現在では以下のような理由から、司馬氏が『坂の上の雲』執筆時点で『蹇蹇録』を読んでいたことに確信が持てなくなりました。

第一に、次節で紹介するように、司馬氏が北清事変の基本史料を読まないまま、自信を持って北清事変を語っていることを知ったからです。

第二に、司馬氏が旅順虐殺を知りながら①で意図的にそれを隠したとすれば、②でも「北清事変」だけにふれ「日清戦争」にふれなければ済むはずなのに、わざわざ「日清戦争」にふれ「傷口を広げている」のは、司馬氏が旅順虐殺を知らなかったからではないかと思い始めたからです。

第三に、司馬氏は日清戦争における日本軍の別の非人道的行為を一応隠さずに『坂の上の雲』で書いていることから、もし司馬氏が旅順虐殺を知っていたなら、いやいやながらもそれを書いたのではないかと思い始めたからです。

その非人道的行為とは、一八九四年七月二五日、東郷平八郎が艦長をつとめる巡洋艦・浪速《なにわ》が、牙山《アサン》沖で清国兵を乗せたイギリス商船・高陞号《こうしょうごう》を撃沈し、ヨーロッパ人乗員三名のみを助け清国兵は溺《おぼ》れるにまかせた事件のことです［64］。

このことを『坂の上の雲』は次のように述べています。

さらに東郷はいうであろう。高陞号は浪速の水雷と砲弾をうけてから沈没まで三十分を要し、この間、沈みゆく高陞号の甲板から清国兵が小銃をもってはげしく抵抗し、海上救助がおもうようにゆかなかったと、と。それはあったかもしれないが、高陞号が午後一時四十六分に沈没し、その後浪速は午後八時ごろまでこの付近の水域にあり、これだけの豊富な時間内にひとりの敵兵もすくわなかったというのは、その意志がなかったとみるほかない。［25、第一巻、三六六頁］

高陞号事件の溺死者は千人ほどと見られ［64］、被害者が一般市民でないことや、旅順虐殺などに比べれば被害者数が少数であることなどから、それほど「坂の上の雲」のイメージを壊さないと司馬氏が判断したのかもしれません。それはともあれ日本軍の非人道的行為を一応書くだけは書いているのです。

したがって『坂の上の雲』における旅順虐殺の無視は、司馬氏の意図的な隠蔽の蓋然性が高いが、氏の単純な無知の可能性もわずかながらあると結論しておきます。

23 司馬氏が知らなかった北清事変における日本軍の略奪行為

ここで前節②における司馬氏の、北清事変(一九〇〇)において日本軍が略奪をしなかったという主張が事実に反すること、ただし司馬氏がそう主張したのは意図的な隠蔽ではなく氏の単純な無知によると考えられることも、ついでに述べておきたいと思います。

北清事変において日本軍が略奪行為を行ったことには当事者の証言があります。北京籠城《ろうじょう》の日本軍指揮官・柴五郎《しばごろう》砲兵中佐(当時)が北清事変翌年に「北京籠城」と題した講演で次のように語っているからです。

八月十四日に籠城兵と援軍との連絡がつきまして、十五日からは、第五師団はすぐ北京内の各要所の占領に着手いたしました。私どももかねて調《しら》べておきましたが、まず第一に支那の大蔵省の金庫、その他米倉、兵器庫などを占領しました。英、米軍はすでに十四日の午後に北京にはいっており、日本軍は夜おそくはいったのでありましたが、他国の兵は不案内ゆえ手をつけずにおりましたので、十五日の朝早く日本兵を出して、大蔵省、米倉、その他役所の主なるものを占領いたしました。それがために当然の戦利として、ことに価値のあるものは、ほとんどことごとく日本の手にはいりました。［24、九九頁］

ここで柴五郎は無邪気に「当然の権利」としていますが、やっていることは「略奪」そのものです。この略奪行為は「坂の上の雲」の明るいイメージにそぐわないので、司馬氏にこの事件を隠す動機がないわけではありません。しかしこの掠奪は、朝鮮王宮占領や旅順虐殺や朝鮮王妃殺害などに比べれば「可愛い」ものでしょう。

また北清事変で日本軍が略奪行為をしなかったということは日本では通念になっており、司馬氏以外にも例えば寺島実郎氏がそのように言われています［44、三三一〜三頁］。

さらに司馬氏は前節②と別の場所で次のように確信にみちたコメントを与えています。

いわゆる北清事変で連合軍を組織したのは英、独、米、仏、伊、墺《おう》の六ヵ国と、日本とロシアである。日露両軍がもっとも人数が多く、主力をなした。

各地で清国軍や義和団をやぶりつつ八月十四日、ついに北京のかこみをやぶって入城し、各国公館員や居留民をすくうことができた。

キリスト教国の側からいえば、いわば正義の軍隊である。しかし入城後にかれらがやった無差別殺戮《さつりく》と略奪のすさまじさは、近代史上、類を絶している。

……

ただし、日本軍のみは一兵といえども略奪をしなかった。

……日本国は条約改正という難問題をかかえており、「文明国」であることを世界に誇示せねばならず、そのため国際法や国際道義の忠実なまもり手であろうとした。［25、第二巻、一九一〜二頁］

こういったことから司馬氏は「北京籠城」を読んでおらず、単純な無知により「北清事変の日本軍の略奪行為」に関して間違った記述をしていると結論できます。

なお私は柴五郎の口述記録「北京籠城」の存在を中塚明氏の著書［44］から教えられました。「北京籠城」をふくむ平凡社・東洋文庫［24］は、一九六五年、つまり『坂の上の雲』連載開始三年前に出版されており、その時点で探すことも読むことも容易な本だったはずです。アマチュアの私はともかく、プロの歴史小説家・司馬氏がそれに目を通していないのは、氏にとって不名誉なことと思われます。

24　司馬氏が隠した（？）朝鮮王妃殺害事件

『坂の上の雲』は朝鮮王妃殺害事件（第13節）にも沈黙しています。この事件も明るい「坂の上の雲」のイメージを破壊する「不都合な真実」なので、司馬氏には沈黙の動機があります。

さらに司馬氏は王妃殺害の遠因となった三国干渉について次のように記しています。

①　このころ、ロシアを主役とする三国干渉などがあって、日本に対するロシアの圧迫が大きくなっており、早晩ロシアと兵火をまじえねばならぬということが常識になりつつあった。軍は対露準備をしつつある。〔25、第二巻、三七頁〕

②　英国が帝国主義の老熟期にあったとすればロシアやドイツは、その青年期にある。それだけにこの遼東還付のばあい、やりかたがいかにもなまなましく、欲望と行動が直結し、そのあくのつよさは、十九世紀の外交史上、類がない。〔25、第二巻、一七二頁〕

ロシアやドイツの帝国主義の「あくのつよさ」は私も司馬氏とまったく同感です。

しかし『坂の上の雲』のこの書き方は、日本はそれほど「あくのつよい」ことをしなかったことを示唆していています。これらのコメントは間接的にせよ、王妃殺害事件が起こったことを否定しているといえるでしょう。

だから司馬氏は朝鮮王妃殺害を意図的に隠したと考えられないわけではありません。

しかし、知らない日本人の方が多かったこの事件を、一般の日本人に知らしめた角田房子《つのだふさこ》氏の『閔《ミン》妃暗殺《ビあんさつ》』[35]が上梓《じょうし》されたのは一九八八年のことでした。

『坂の上の雲』の連載がそれより二〇年ほど前であること、司馬氏の学識が意外に信頼できないことを考えれば、司馬氏が『坂の上の雲』を執筆している段階で、この事件を知らなかったということも考えられないわけではありません。

したがって『坂の上の雲』における朝鮮王妃殺害事件の無視は、司馬氏の意図的な隠蔽とまずは考えられるが、氏の単純な無知の可能性もあると結論しておきます。

25　司馬氏が曲筆した伊藤博文の満韓交換論外交

次に『坂の上の雲』における、伊藤博文の満韓交換論に対する記述を見ましょう。

先に（第15節）述べたとおり、一九〇一年末に伊藤博文は満韓交換論を携えロシアの首都ペテルブルグを訪れています。

ところが司馬氏はこの伊藤博文の満韓交換論外交について不審な記述をしています。大事なところなのでかかわりがありそうな箇所をあらかた引用しましょう。

① そういうロシアの南下による重圧を、なんとか外交の方法で回避できはしまいかと考え、

――いっそ、ロシアと攻守同盟を結んでしまったらどうか。

という結論を思いいたったのは、伊藤博文である。［25、第二巻、二六四頁］

② ともかく、林は、

「英国は日本と同盟するについて、気持はうごいているらしい。この件につき、交渉をすすめてもよいか」

と、外務省の訓令をあおいだ。

もともと林は、英国に赴任するとき、こういうことがもちあがることを考え、あらかじめ伊藤博文をたずね、その肝《はら》（ママ）のなかをたたくといった入念なことをしている。つまり伊藤は日露同盟論者であった。とあれば、林がロンドンで日英同盟のためにはたらいても、水の泡になるおそれがある。［同、二七二頁］

③ だから日露同盟を伊藤はおもうのだが、しかし林董《ただす》が一方において日英同盟をすすめてゆくというなら、それはかまわない。万が一でも成功すれば日本の大幸福である、というぐらいのこ

とで、林董のその腹案に対し、反対はしなかった。［同、二七三頁、ルビ半沢］

④ とくに、日露同盟論者である伊藤を説得することが、難事とされた。この間のことを、小村寿太郎は、

「本来、外交というものは、外交よりも内交のほうがむずかしいものなのだ」

といったが、まさしくそのとおりだった。［同、二七七頁］

⑤「それは貴公、当然のことだ。私が在来、日露同盟論を提唱してきたのは、そのほうがむしろ実現しやすいとおもったからで、英国がこう出てくるとあれば、むろんその方が結構だともいえる」

桂は、そのひとことさえきけばよい。伊藤に妙に邪魔だてされては、せっかくロンドンで進んでいることが、国内においてぶちこわしになる。［同、二七九頁］

⑥ ウィッテは伊藤とホテルの特別室で会い、

「閣下の来遊を心からよろこぶ。この機会に、たがいに胸をひらいて極東問題について語りあいたい」

といった。……

……

「日露親善といわれてもそれを抽象論でいわれてもこまります。そういう抽象論で、朝鮮にお

ける危局は解決できません」

と、現実、ロシアが朝鮮から手をひく以外に解決の道はない、と伊藤はいった。〔同、二八九〜九〇頁〕

⑦「伊藤閣下、あなたがいわれる朝鮮の保護と独立ということをきいていると、日本が朝鮮のすべてをとってしまうことになり、ロシアが何物もとれないことになる。これでは協商ということが成立しにくいではないか」

という旨のことをいった。基本的態度として朝鮮の半分ぐらいはロシアがとりたい、というにおいが、ラムスドルフの態度にある。〔同、二九一頁〕

⑧ベルリンにつくと、伊藤は桂首相に電報をうち、

「日英同盟は調印を見あわせよ。ロシアとの協商が可能のようである」

と、助言した。

首相桂太郎も外相小村寿太郎も、この伊藤の私的外交に閉口した。

伊藤は、ベルリンのホテルで待った。

訪露中、ロシア側は、伊藤の打診に対し、文書で回答する旨を伊藤に約束したのである。

……

やがて、それが来た。

ベルリンにおけるロシア大使館から、まわってきた。日本公使館でそれが翻訳されたが、それをみると、伊藤がペテルブルグで感じた空気とはおよそちがったひややかなものであった。

「ロシアの満州での行動は自由である」

と、ロシアは自国の侵略の自由を無制限にみとめ、それを断乎たる表現にしている。それにひきかえ、回答では、日本の朝鮮に対する行動については、

「制限された自由しかみとめない」

というものであった。[同、二九二頁]

⑨　日本政府がロシアに対して、開戦の肚を秘めつつ最後的交渉をはじめたのは、明治三十六年の夏である。

……

協商案の主眼は、

「清韓両帝国の独立および領土保全を尊重すること」

「ロシアは韓国における日本の優勢なる利益を承認すること。そのかわり日本はロシアの満州における鉄道経営の特殊利益を承認すること」

といったもので、要するに日本は朝鮮に権益をもつ、ロシアは満州に権益をもて、而《しか》してたがいに侵しあわない、というものであった。[同、三五一～二頁]

⑩　小村外相は、ローゼン公使に対し、これ以上は譲ることができないという、ぎりぎりの譲歩案を出した。
　要するに満州朝鮮交換案というか、ロシアは満州を自由にせよ、そのかわり朝鮮に対してはいっさい手を出さない、というものであった。〔同、三五四〜五頁〕

　ここで司馬氏が意図的な曲筆《きょくひつ》を犯していることは以下のことから明らかです。

　第一に、伊藤が一九〇一年、ロシアに携えていった案件が満韓交換論であることは第15節に説明したとおりです。

　第二に、司馬氏が満韓交換論の存在を知っていたことは⑨、⑩の記述から分かります。これは伊藤の外交から二年後の対露外交の話ですが、そこで満韓交換論が問題になったことを司馬氏が書いているからです。

　第三に、司馬氏は一九〇一年の伊藤が携えていった案件が満韓交換論であることも知っていたはずです。なぜなら⑥、⑦、⑧の会話に満韓交換論がうかがえますし、⑧に言及されている電文は先に第15節で引用したとおり、端的に「満韓交換論」の内容を表現したものだったからです。

　第四に、それにもかかわらず司馬氏は、伊藤がロシアに携えていった案件が満韓交換論であることを隠そうとしています。⑥、⑦、⑧では、そこにうかがわれる満韓交換論はすべて伊藤案そのものではない形で出ていますし、②、③、④、⑤では、「日露協商」と呼ばれ「日露同盟」とは呼ばれない満韓交換論を(9、10、52、70、71)参照)、「日露同盟」と呼んでいますし、①では満韓交換論を「攻守同盟」とする明白な虚偽を述べているからです。

どうしてこのような曲筆が行われたのでしょうか。

司馬氏は日露戦争の前提となった日英同盟を書かざるをえなくなり、その成立の事情のため伊藤のロシア訪問を書かざるをえなくなり、とはいいながら伊藤がロシアに満韓交換論を携えていったことを書けば、「日露戦争は日本の祖国防衛戦争だった」という『坂の上の雲』の根本が怪しくなるので、このような曲筆に走ったと思われます。

⑨、⑩で満韓交換論が一応書かれたのは、すでに日露開戦直前のごたごたで、それほど読者の注意を引かないと直感し、歴史知識がある読者への、あるいは自分の良心への、アリバイ工作を行ったものともとれます。

『坂の上の雲』における伊藤博文の外交の記述で、司馬氏は伊藤がロシアに携えていった案件が満韓交換論であったことを隠すため、意図的な曲筆が行ったと結論できます。

なお私はこの伊藤博文の満韓交換論外交の隠蔽こそ『坂の上の雲』の最大の曲筆であり、『坂の上の雲』という物語の破綻がもっとも端的に表れている箇所と思うのですが、意外にもこれを指摘するのは私が初めてのようです。

26　司馬氏が隠した（?）日露戦争下の韓国侵略

また『坂の上の雲』は、日露戦争下の韓国侵略（第16節）についても語りません。この沈黙にも強い動機があることはいうまでもありません。

そして『坂の上の雲』が日露戦争下の韓国事情にふれた唯一のコメントは次のようなものでした。

韓国政府は……この戦争については、

「局外中立」

という態度を表明していた。ところが日本の戦略としてはこのばあい、ねじふせてでも日韓同盟をむすんで対露戦を有利に展開しなければならず、このため兵力をもって韓国政府をおさえつけようとし、開戦早々、海上の危険をおかして木越安綱《やすつな》少将を長とする一個旅団をおくり、漢城に進駐した。韓国こそいい面《つら》の皮であった。進駐とともに日韓同盟が成立した。［25、第三巻、八二頁］

つまり『坂の上の雲』は日露戦争で日本が韓国に行ったことは「いい面の皮」程度のことだと言っているわけで、間接的ながら日露戦争下の韓国侵略を隠したといえます。

だから司馬氏は「日露戦争下の韓国侵略」を意図的に隠したとまずは考えられるのですが、そのことに関する知識を欠いていた可能性も考えられます。なぜなら司馬氏は、「日露戦争下の韓国侵略」の知識を欠いていなければ書けない次のようなコメントを、日本海海戦に対して与えているからです。

たしかにこの海戦がアジア人に自信をあたえたことは事実であったが、しかしアジア人たちは即座には反応しなかった。中国人も朝鮮人も、また白人の支配下にあるフィリッピン人もその他の東南アジアの民族たちも、この海戦の速報についてはは鈍感であり、これによってアジア人であることの自信を即座にもち、ただちに反応を示したというほどまでには民族的自覚が成長していなかった。
[25、第六巻、四三〇頁]

司馬氏は日本海海戦の勝利に、「朝鮮人」も「アジア人としての自信」を持つように「反応」すべきだったとしています。

これは日露戦争と平行して日本の韓国侵略が行われていることを知っていれば、日露戦争における日本の勝利が韓国の完全な植民地化を意味することを韓国人が分かっていたわけですから、とても文字にできないコメントのように私には感じられました。

告白すれば私は、初めて右のコメントを読んだとき、司馬氏と同じ日本人として「穴があったら入りたい」気持ちにならざるをえませんでした。

しかしそれはともあれ、このコメントを見ると司馬氏は「日露戦争下の韓国侵略」の基本的な知識を持っていなかったのではないかという疑問も、抱かざるをえないのです。

したがって『坂の上の雲』における日露戦争下の韓国侵略に対する沈黙は、司馬氏の意図的な隠蔽とまずは考えられますが、司馬氏の単純な無知による可能性もあると、結論しておきます。

27　司馬氏が調べようとしなかった日露戦争に対するアジア人の声

ここで前節に引用した司馬氏の「アジア人」に関するコメントについて、もう少し検討しておきたいと思います。

日露戦争における日本の勝利が、欧米帝国主義の支配にあえぐ多くのアジア人に感動を与えたことはたしかです[37]。

しかしその直後の韓国併合を見て、帝国主義列強にアジアから新しい帝国主義国家が加わったにすぎないと幻滅したアジア人も、当然ながら多数いました。

よく引用される文章ですが、インド独立運動の闘士で独立後に初代首相となったネルー（一八八九

〜一九六四）は、著書『父が子に語る世界歴史』で次のように語っています。

日本のロシアに対する勝利がどれほどアジアの諸国民をよろこばせ、こおどりさせたかを、われわれはみた。ところが、その直後の成果は、少数の侵略的帝国主義諸国のグループに、もう一国をつけくわえたというにすぎなかった。そのにがい結果を、まず最初になめたのは、朝鮮であった。日本の勃興《ぼっこう》は、朝鮮の没落を意味した。日本は開国の当初から、自己の勢力範囲として、すでに朝鮮と、満州の一部に目をつけていた。もちろん、日本はくりかえして中国の領土保全と、朝鮮の独立の尊重を宣言した。帝国主義国というものは、相手の持ちものをはぎとりながら、平気で善意の保証をしたり、人殺しをしながら生命の尊厳《そんげん》を公認したりするやり方の常習者なのだ。だから日本も、朝鮮にたいして干渉しないと、ものものしく宣言した口の下から、むかしながらの朝鮮領有の政策をおしすすめた。対中国戦争も、対ロシア戦争も、朝鮮と満州を焦点とする戦争だった。日本は一歩一歩地歩を占め、中国が排除され、ロシアが敗北したいまでは、あたかも無人の野を行く観があった。

日本は帝国としての政策を遂行するにあたって、まったく恥を知らなかった。……［27、第四巻、一八一〜二頁］

ネルーのようなアジア人は、司馬氏の言うように民族的自覚が成長していなかったから日本海海戦に即座に肯定的に反応しなかったわけではなく、民族的自覚が成長していたゆえに日本の勝利の意味を理解し、それゆえに否定的に反応したのです。

『父が子に語る世界歴史』の翻訳は一九五九年にみすず書房から出版されており、司馬氏が日露戦争に対するアジア人の声を調べようとすれば、すぐ行き当たる本だったはずです。

明らかに司馬氏は、日露戦争に対するアジア人の声を調べようともせず、つまり半ば意図的な不勉強のもとに、「日露戦争に対するアジア人の声」を語っていると結論できます。

28　空想歴史小説『坂の上の雲』

ここまでの検討をまとめてみると次のようになるでしょう。

① 『坂の上の雲』で司馬遼太郎氏は、日清戦争の帝国主義を「定義」の問題、日露戦争を「祖国防衛戦争」としている。（第２章）

② それは日清、日露両戦争の歴史的事実に反する。（第３、４章）

③ 『坂の上の雲』を、日清戦争の帝国主義を「定義」の問題、日露戦争を「祖国防衛戦争」という

前提のもとで物語るために、司馬氏は、単純な無知の他に、意図的な隠蔽と曲筆、半ば意図的な不勉強を犯している。（本章のこれまでの議論）

つまり『坂の上の雲』とは、そもそもその物語の前提が間違っており、それだけでなく前提の間違いを隠すために史実の無視や歪曲が行われている小説なのです。

このような小説から歴史を学ぶことはできません。そこに書かれている「歴史」は歴史に似て歴史ではないものだからです。『坂の上の雲』はいわば「空想歴史小説」とでも呼ばれるべき本だと私には思われるのです。

29 そういう時代だからしかたがなかったのか？

『坂の上の雲』について一応の結論が出たところで、先に（第7節）述べた「歴史は複雑だから帝国主義について面倒くさいことをいうな」といった思考停止法とはまた別の思考停止法について、コメントしておきたいと思います。

それは、日本がさまざまな暗い行為を行ってきたのは、「帝国主義の時代に独立を保つためにはしかたがなかった」ことで、本書がここまで述べてきたような『坂の上の雲』批判は見当違いだという思考停止法です。

司馬氏自身も『坂の上の雲』のなかで次のように書かれています。

十九世紀からこの時代にかけて、世界の国家や地域は、他国の植民地になるか、それがいやならば産業を興して軍事力をもち、帝国主義国の仲間入りするか、その二通りの道しかなかった。後世の人が幻想して侵さず侵されず、人類の平和のみを国是とする国こそ当時のあるべき姿とし、その幻想国家の架空の基準を当時の国家と国際社会に割りこませて国家のありかたの正邪をきめるというのは、歴史は粘土細工の粘土にすぎなくなる。日本は維新によって自立の道を選んでしまった以上、すでにそのときから他国（朝鮮）の迷惑の上においておのれの国の自立をたもたねばならなかった。［25、第二巻、三五二～三頁］

こういう考え方も実によく見かけますが不勉強による即断だと私は思います。

まず「十九世紀からこの時代にかけて、世界の国家や地域は、他国の植民地になるか、それがいやならば産業を興して軍事力をもち、帝国主義国の仲間入りするか、その二通りの道しかなかった」ということは、司馬氏だけではなく多くの人が口にすることですが歴史事実に反しています。

例えばタイ（シャム）は、「十九世紀からこの時代にかけて」「他国の植民地」にもならなかったし「帝国主義国の仲間入り」もしていません[30]。「二通りの道」以外の道は現実に存在していたのです。

また岩倉使節団(一八七一~七三)の『米欧回覧実記』を見ると、日本はその進路として帝国主義的大国路線だけでなく小国路線をも一可能性として検討していることが分かります[31]。それを実現させなかったのは天皇制神話の呪縛力だったと私には思われますが、ともあれ日本が帝国主義ではない進路を選択する可能性も絶無ではなかったのです。

しかし百歩譲って仮に「帝国主義の仲間入り」をするしか「しかたがなかった」としても、それは空想歴史小説を書く言い訳にはなりません。

帝国主義時代の暗い現実を「坂の上の雲」の明るいイメージで書きながら、そのおかしさを指摘されると「しかたがなかった」と逃げる姿勢は無節操に過ぎると思われます。

私たちはそうではなく、『坂の上の雲』が空想歴史小説だという現実を直視し、そこから出発してその意味を考えていかねばならないと思うのです。

第6章　他の戦争歴史文学との比較

30　陳舜臣『江は流れず――小説日清戦争』

ここでさらに『坂の上の雲』の価値を掘り下げて考えるために、他のいくつかの戦争歴史文学と比較してみます。

本節では陳舜臣《ちんしゅんしん》氏（一九二四〜）の『江《こう》は流れず――小説日清戦争』を取り上げます。

この小説はそのサブタイトルが示すとおり日清戦争がテーマで、清国と日本が朝鮮での権益を争い始めた壬午軍乱《じんごぐんらん》に始まり下関条約で終わります。一九七七〜八〇年に雑誌『歴史と人物』に連載され、一九八一年に中央公論社から三巻本として出版されました。『坂の上の雲』の連載開始時点（一九六八）から一〇年も離れていないほぼ同時期の作品であることにも、読者の注意をうながしておきたいと思います。

この小説で第一に注意すべきことは、日清戦争に至る日本と清国の朝鮮の権益をめぐる政争が全体の四分の三を費やして描かれ、日清戦争が日本と清国が朝鮮の権益をめぐる戦争だったことが明確に提示されていることです。

この点、日清戦争の性格を「定義」の問題にした『坂の上の雲』とまったく違います。

第二に注意すべきことは、日清戦争に先立つ日本の朝鮮王宮占領や、日本軍による旅順虐殺といった歴史の暗部が、隠されることなく詳しく書かれていることです。

この点も『坂の上の雲』とまったく違います。

第三に注意すべきことは、短絡的《たんらくてき》な反日本帝国主義の姿勢で書かれているわけではなく、当時の日本の「先進性」も認める複眼的な視点がとられていることです。

そのことは、中国人・劉永福《りゅうえいふく》とベトナム人・阮明《グエンミン》が、日清戦争直前に香港で発生したペストに関して中国人は祈るだけだとした、次の会話から分かります。

「中国人やベトナム人は、その点、いけませんなあ。……私はベトナム人だが、自分でもいやになることがあります。我が同胞に進歩心がないことが。……もっと積極的になってほしいですな」

「われわれ東方人はどうしてこんなふうなのかな？　あきらめやすいからだろうか。仏教の影響かもしれない」

と、劉永福は言った。

「東方人と、一概に言えませんよ。日本人はちょっとちがうんですよ」

「なに、日本人？」

「そうですよ。日本は香港とべつに何の関係もないし、在留日本人もそんなに多くありません。……それでも、わざわざ医師団を派遣するそうです。……おなじ東方人でも、これはえらいじゃありませんか」

阮明はわざと視線を天井に向けながら言った。〔34、三四七頁〕

陳氏が一九世紀末の「後進的」なアジアにおいて、日本が例外的存在と見ていることは明らかです。こういう複眼的視点も『坂の上の雲』には見られないものです。

なお私は、ある国民が「後進的」になり、ある国民がそうでなかったことは歴史上相対的なことで、それら国民の本質にかかわることではないと思っています。それは二〇世紀の中国やベトナムの歴史自身が証明していることでしょう。

それはともあれ『江は流れず』が空想歴史小説でないことは明らかです。『江は流れず』の客観的かつ複眼的な姿勢はどこから生じているのでしょうか。

陳氏は、奇しくも大阪外国語学校（現大阪大学外国語学部）において司馬氏の一学年上の同窓生でした（陳氏はヒンヅー語・ペルシア語、司馬氏はモンゴル語専攻）。

しかし陳氏は日清戦争で日本の植民地となった台湾の出身で、日本の敗戦と同時に日本国籍を失いました。『江は流れず』が、

なお台湾では日本の接収にたいして抵抗運動がおこり、台湾民主国の成立が宣布されるにいたった。台湾の引き渡しに赴いたのは李経方、フォスター、馬建忠《ばけんちゅう》、盧永銘《ろえいめい》といった、おもに下関にいったメンバーであった。古い登場人物だが、彼らは新しい物語の第一頁《ページ》にも登場したことになる。

［34、六一一～二頁］

という、下関条約にもとづく台湾割譲の記事で終わっていることに、私は陳氏の万感の思いを感じてしまうのです。

『江は流れず』の複眼的な歴史認識は、日本の植民地出身で一時期日本人であり、日本の敗戦で中国人に戻らざるをえなかった陳氏の、複雑なアイデンティティ形成によってもたらされたように私には思われるのです。

31　ヘロドトス『歴史』

次にこれも前に（第3節）ふれた、ヘロドトスの『歴史』とトルストイの『戦争と平和』を取り上げます。まず本節ではヘロドトスの『歴史』を考えましょう。

『歴史』は、小アジア（現トルコ）西岸のギリシア植民都市ハリカルナッソス出身の歴史家ヘロドトスが、アケメネス朝ペルシアがギリシアを攻撃したペルシア戦争を描いた歴史書です。『歴史』は小説ではありませんが、この本との比較は、『坂の上の雲』について多くのことを考えさせてくれます。

ヘロドトスの『歴史』で注意すべきことは（というより驚くべきことは）「複眼的な歴史の見方」が著述全体に一貫した方法として採用されていることです。

例えば（史実とすれば）ペルシア戦争に先立つこと七〇〇年ほど前の神話「トロイア戦争」の話から『歴史』の叙述は始まりますが、そこでヘロドトスはその戦争でギリシアから攻撃されたアジア側の言い分を次のように記しています。

ペルシア人の伝えるところでは、事の経過は右のようであり、イリオス（トロイア）の攻略が因となって、彼らのギリシア人に対する敵意が生じたと見ている。一方イオについては、フェニキアの所伝はペルシアのそれとは一致しない。……以上がペルシア人とフェニキア人の伝えるところである。私はしかし、それらのことについて、その経過がそうであったのか、あるいはそれとは違っていたのか、ということを論じるつもりはない。……私はただ……人間の住みなす国々（町々）について、その大小にかかわりなく逐一論述しつつ、話を進めてゆきたいと思う。というのも、かって強大であった国の多くが、今や弱小となり、私の時代に強大であった国も、かっては弱小であったからである。されば人間の幸福が決して不動安定したものでない理《ことわ》りを知る私は、大国も小国もひとしく取り上げて述べてゆきたいと思うのである。［62、上巻、一二〜三頁］

このようにいくつかの集団の主張が違うとき、各々の主張を併記するという姿勢が『歴史』を通して見られます。ヘロドトスのこの客観性を中東古代史の専門家ピエール・ブリアン氏は次のように讃えています。

ヘロドトスが執筆したのは、これらの事件（半沢注、ペルシア戦争）から2世代後の前5世紀半ばである。彼の情報源はペルシア人も含めて、諸民族の伝承に由来し、ギリシア人著作家のなかでは信頼度が抜群で、ペルシア人敵視の偏見がもっとも少ない。［55、一八頁］

古代ギリシア文明は「数学的証明」、すなわち民族や国家や宗教といった人間的障壁を超えて、宇宙そのもので成立している論理を発見したことにより、人類に比類なき貢献をしました。

ヘロドトスのアイデンティティも、民族的偏見から完全に自由なものではなかったでしょうが、理性によって民族を超えた真理に至ることを確信していたギリシア文明の一員であったため、そのアイデンティティによって叙述を曲筆するようなことはなかったと思われます。

こうしてヘロドトスの『歴史』は、空想歴史小説とは別次元の人類全体の古典として尊敬され、今日に至っているのです。

32　トルストイ『戦争と平和』

最後にトルストイの『戦争と平和』を取り上げます。

第3節で述べたように、この世界文学史上に輝く大作は、一九〇五年にロシアとオーストリア連合軍がナポレオンに完敗したアウステルリッツの戦いから、一八一二年のナポレオン軍のロシア侵入とその壊滅までの歴史を記しています。

ロシア人民にとってこの対ナポレオン戦争は、第二次世界大戦でヒトラーの侵略を退けた闘いと並んで、誇るべき文字どおりの祖国防衛戦争でした。

しかし『戦争と平和』で第一に注意すべきことは、トルストイがそれを単純な民族ナショナリズムの英雄物語として描かなかったことです。

例えばトルストイは、ロシア軍を率いて最終的にはナポレオンを破った将軍クトーゾフを神話化することなく、次のように描いています。

ボロジノ戦をしかけ、受けて立つことで、クトーゾフとナポレオンは自分の意志によらずに、無意味な行動をした。だが、歴史家たちは、世界のさまざまな事件の自由意志のない道具のうちで、もっとも奴隷的で、自由意志のない人々である指揮官たちの先見の明や、天才性を証明する証拠を巧妙にこしらえ上げて、生じた事実にそれをあとになって当てはめている。〔40、第四巻、三九〇頁〕

この点、司馬氏が『坂の上の雲』で、日本海海戦を指揮した東郷平八郎を、

① 東郷は終生、自分の賢愚をさえそとにあらわしたことがないというふしぎな人物であった。〔25、第三巻、一四五頁〕、

② 「長官は、バルチック艦隊がどの海峡を通って来るとお思いですか」

……

小柄な東郷はすわったまま島村の顔をふしぎそうにみている。……やがて口をひらき、
「それは対馬海峡よ」
と、言いきった。東郷が、世界の戦史に不動の位置を占めるにいたるのはこの一言によってであるかもしれない。［25、第六巻、一六七頁］

というように、事実に反して神話化した姿勢とは根本的に異なっています。

現実の東郷はバルチック艦隊の進路について確信を持っていなかったし［49］、晩年にロンドン軍縮条約に口を出す老害《ろうがい》を演じました［1、6、64］。

また『戦争と平和』で第二に注意すべきことは、戦争が美化されることなく、その空しさが語られていることとです。

『戦争と平和』の有名な場面ですが、副主人公アンドレイ・ボルコンスキーは、アウステルリッツの闘いで負傷し、戦場の上に広がる空を見て戦争の空しさを悟ります。

憎しみのこもった、おびえた顔で、フランス兵と砲兵が砲身掃浄棒を奪い合っていたのとはまるで違う　―　まるで違って、この高い果てしない空を雲が流れている。どうしておれは今までこの高い空が見えなかったのだろう？　そして、おれは何と幸せなんだろう、やっとこれに気づい

て。そうだ！　すべて空虚だ。すべていつわりだ、この果てしない空以外は。何も、何もないんだ。この空以外は。いや、それさえもない、何もないんだ、静寂、平安以外は。ありがたいことに！

……〔40、第二巻、二一五頁〕

この点、日露戦争を事実に反して祖国防衛戦争とし、「坂の上の雲」の明るいイメージで物語ろうとした司馬氏とは、そもそもその世界が違うといえるでしょう。
ところでたまたまでしょうが、司馬氏は『坂の上の雲』でトルストイに言及しています。日露戦争の二〇三高地攻防戦を、クリミア戦争（一八五三〜五六）のセヴァストーポリ攻防戦と比較して次のように述べているのです。

……まだ二十七歳の青年だったトルストイが下級将校として従軍し、籠城《ろうじょう》の陣地で小説「セヴァストーポリ」（半沢注、翻訳［39］あり）を書き、愛国と英雄的行動についての感動をあふれさせつつも、戦争というこの殺戮《さつりく》だけに価値を置く人類の巨大な衝動について痛酷なまでののろいの声をあげている。トルストイはこの戦争体験を通じて国家を越えた人類の課題に到達しようとし……〔25、第四巻、二九二〜三頁〕

そして実際にトルストイは「国家を越えた人類の課題に到達しようとし」、ついに戦争の空しさを語る超国家的叙事詩『戦争と平和』を書きました。

もし司馬氏がトルストイと同じ志を抱き、「国家を越えた人類の課題」を求めて日露戦争を描いたならば、それはＮＨＫスペシャルドラマとして放映される世俗的栄光は得られなかったでしょうが、日本人に意味のある反省をせまり、時間と空間を超え人の心を打つ、作家としての真の栄光を得ることができたかもしれません。

しかし、残念ながら司馬氏が書いたのは「国家を越えた人類の課題に到達しようと」せず、「日本人のアイデンティティ」のみに訴えかける空想歴史小説『坂の上の雲』だったのです。

33　『坂の上の雲』の映像化をためらった司馬氏

ここまで書いてきて私は複雑な思いを抱かざるをえません。

はじめに（第1節）述べたように、私は若いころ司馬氏の小説を愛読し、多くの啓発を受け、現在でもそのことに感謝しています。ですから『坂の上の雲』が本書でここまで指摘してきたような姿勢で書かれたことを、深く遺憾に思います。

そして司馬氏自身も、『坂の上の雲』に複雑な思いを持っていたことが、氏自身その映像化をためらっていたことから推察できます。

本書は『坂の上の雲』を問題にしているので、司馬氏の文章の引用は原則として同書からのものに限りました。

しかし司馬氏が『坂の上の雲』映像化をためらっていたことを示すために、本節では例外として司馬氏の他の著書『「昭和」という国家』から次の箇所を引用します。


私は『坂の上の雲』という小説を書きました。これは自分の義務だと思って書きました。……書いた動機を申し上げますと、どうも当時の風潮といいますか、日露戦争というものを侵略戦争だと思っているらしいということがありました。私はちょっと違う考えがありまして、いくら考えても一種の祖国防衛戦争という面でとらえるほうが、きちっといくのではないかと思っていました。

……

これはちょっと余談になりますけれども、この作品はなるべく映像とかテレビとか、そういう視覚的なものに翻訳されたくない作品でもあります。

うかつに翻訳すると、ミリタリズムを鼓吹《こすい》しているように誤解されたりする恐れがありますからね。［26、三二〜四頁、ルビ半沢］

私には、ここで司馬氏の言っていることは、控えめにいっても、かなり苦しいことのように思われます。

第一に、『坂の上の雲』のように日露戦争を「一種の祖国防衛戦争という面でとらえる」と、多くの史実無視や場合によっては曲筆を行わなければならず、「きちっといく」どころでなかったことは、本書のこれまでの検討で明らかです。

第二に、映像化して「ミリタリズムを鼓吹しているように誤解されたりする恐れがある」小説が、活字ならば「ミリタリズムを鼓吹しているように誤解されたりする恐れがない」といった、曲芸じみたことが可能なはずもありません。

現実に『坂の上の雲』に「ミリタリズムを鼓吹している」要素があることは、本書のこれまでの検討から何人《なんびと》にも否定できないことでしょう。

なお、ここでの引用とはまた別に、『坂の上の雲』の日露戦争観の前提となる朝鮮観においても、晩年の司馬氏は動揺されていたようです[45]。

結局、司馬氏はその自信ありげな外見にもかかわらず、内心では『坂の上の雲』の物語に全幅の自信を持てなかったのだと思われます。

私にはそれが司馬氏の悲劇と感じられてなりません。

第7章　アイデンティティの牢獄『坂の上の雲』

34　アイデンティティ難民の『坂の上の雲』

それではなぜ司馬氏のようなすぐれた資質を持った小説家が、『坂の上の雲』のような本人が全幅の自信を持つことができないような小説を書かれたのでしょうか？

そしてまたなぜ多くの日本人が、空想歴史小説を愛読し、さらにＮＨＫスペシャルドラマとして放映されるようなことになるのでしょうか？

問題は歴史学にあるわけではありません。

本書でこれまで示してきたように、史料事実は『坂の上の雲』の描く歴史が空想であることを疑問の余地なく示しています。歴史学上の問題は実はどこにもないのです。

問題は知性や教養がまったくないとはいえない多くの日本人を、現実から目をそむけさせる「力」にあるのです。

それではその「力」とはいったい何なのでしょうか。

私たちはここから『坂の上の雲』に関するほんとうの問題に踏み込まねばなりません。

それは先に（第4節）ふれた「日本人のアイデンティティ」の問題です。

それはどういうことなのでしょうか。

日本は日露戦争以後も領土の拡張を重ねたあげく、アジア・太平洋戦争（一九三一〜四五）における敗戦によって一挙にその獲得した領土を失いました。

（「アジア・太平洋戦争」は満州事変からの戦争という広義の意味と、対米英開戦からの戦争という狭義の意味の双方で使われています。本書では広義の意味に使います。）

それだけではなく同戦争中の、南京大虐殺、七三一部隊、従軍慰安婦、強制連行・労働等々の戦争犯罪が次第に明らかになってきました［4、16、17、72］。

今でもこれら戦争犯罪の事実を否定しようと必死になる人は実に多いのですが、日本の政府も裁判所もいやいやながらその事実自体は認めざるをえなくなっています。

また大多数の日本人も、いまだ漠然とした意識ではあるにせよ、アジア・太平洋戦争が侵略戦争であったことを事実として否定できないと感じ始めているように思われます。

そして多くの日本人が、「日本人のアイデンティティ」の根拠を「日本の近過去」におくことができなくなった「アイデンティティ難民」と化しました。

このとき司馬遼太郎氏が『坂の上の雲』で、アジア・太平洋戦争のときの日本は愚かだったが、日露戦争まではすばらしかったという歴史観を次のように打ち出しました。

要するにロシアはみずからに敗けたところが多く、日本はそのすぐれた計画性と敵軍のそのような事情のためにきわどい勝利をひろいつづけたというのが、日露戦争であろう。

戦後の日本は、この冷厳な相対関係を国民に教えようとせず、国民もそれを知ろうとはしなかった。むしろ勝利を絶対化し、日本軍の神秘的強さを信仰するようになり、その部分において民族的に痴呆化した。日露戦争を境として日本人の国民的理性が大きく後退して狂躁の昭和期に入る。やがて国家と国民が狂いだして太平洋戦争をやってのけて敗北するのは、日露戦争後わずか四十年のちのことである。……〔25、第二巻あとがき、三七三頁〕

司馬氏のこのような歴史観に多くの「アイデンティティ難民」がとびつきました。

日本の教育を国家的に再編しようとしている藤岡信勝氏も（現在では司馬氏をはるかに超えた歴史修正派になられたようですが〔33〕）かつて司馬氏からの影響を次のように述べたことがあります。

「日本断罪史観は、長い間、私にとって空気のように当たり前のことであった。その歴史観の部分的なほころびはあちこちで感じていたが、自分自身の歴史観を根本的に組み替える必要に迫られる体験をしないできた。その認識の枠組みを変える最初の、しかもおそらく最大の要因が、司馬遼太郎の作品との出合《ママ》いであったと今にして思えてくるのである。もし、その出合いがなかったら、私が戦後歴史教育の呪縛から抜け出すことは困難だったと思われる」（『汚辱の近現代史』五二頁）。
[47、二頁]

もっとも中塚明氏が指摘しているように、日本ではアジア・太平洋戦争以前の帝国主義に対し否定的でない人がリベラルな人たちのなかでさえ多いので[44]、このような歴史観を司馬氏一人の責任に帰することはできません。

しかしそれが「はばかることなくに広言できる」ようになったことに、司馬氏が大きな役割をになったことに間違いはありません。

私は、アジア・太平洋戦争の日本に自信を失ったアイデンティティ難民の前に、それ以前の日本はすばらしかったという形で出現した「救命ボート」が『坂の上の雲』であり、『坂の上の雲』の人気とはその救命ボートにアイデンティティ難民が殺到している姿ではないかと思うのです。

こうして私たちが問題にすべきなのは「アイデンティティ」の力であり、私たちは「アイデンティティ」を根本から考えなおさねばならないとも思うのです。

35　アイデンティティと動物的帰属本能

それでは、すぐれた資質の小説家に空想歴史小説を書かせ、膨大な数の教育ある人々に真実を見つめる理性をマヒさせ、空想歴史小説に殺到させるアイデンティティとは、いったい何なのでしょうか。字義だけを述べれば、「アイデンティティ」とは、性、年齢、人種、民族、国籍、家系、階級、職業、学歴、思想、宗教……といったさまざまなことがらに関し、自分がどのような存在でどの集団に属しているかという意識です。

人間とはアイデンティティなしには生きていけない存在のようです。

その一方で人間とはアイデンティティだけで生きられる存在でもありません。

例えば人間には自分にとって「不都合な真実」や「つらい真実」でも認めることができる理性があります。またアイデンティティを超えた正義感を持つこともできます。理性や正義感も人間にとって不可欠なもののはずだからです。

けれども、国家や人種や民族や宗教や思想にかかわるアイデンティティは、ときには理性や正義感をマヒさせるほどの、不気味な力を人間に及ぼすことがあります。

アイデンティティはある場合には、食欲、性欲、物欲、権力欲、名誉欲といった世俗的欲望よりも強く、人間に命を賭けさせることさえあるのです。

特にアイデンティティが事実に反する物語に依拠している場合、事実に反することを指摘する他者に対し、そのアイデンティティを保持したい人が（自分のアイデンティティの脆弱さに対する恐怖からと思われますが）極度に権力的・暴力的な態度や行動に出ることがよく見かけられます。

そこまで行くと「アイデンティティ難民」というより「アイデンティティ亡者《もうじゃ》」とでも呼びたくなりますが、残念ながらそういう人も非常に多数おられるのです。

こういった「アイデンティティの不気味な力」の淵源《えんげん》には、人間の動物的帰属本能、おそらくは集団で狩りをする猿として進化してきたことによる、集団への帰属本能があると私は感じています。

誤解のないように断っておきますが、私は動物的本能一般を非難しているわけではありません。私自身非常に動物的な人間であり、人間は食欲や性欲など動物的本能なしでは生きられない存在だと思っていますから。

またアイデンティティ一般を否定するわけでもありません。アイデンティティを持つこと自体は善でも悪でもなく、正しくバランスのとれたアイデンティティを持つことによって人間は初めて立派な生き方ができると信じていますから。

しかしアイデンティティが暴走して理性や正義感をマヒさせている状態を、私は病的と思わざるをえません。

司馬遼太郎氏が『坂の上の雲』で表現した、日露戦争までの日本軍は良かったとする歴史観は、本書のこれまでの説明、例えば旅順虐殺（第11節）や第三次日韓協約後の反乱鎮圧（第18節）を見れば、幻想であることは明らかです。

幻想の上に築き上げられたアイデンティティを保持することは、理性や正義感に反すると私には思われます。それゆえに『坂の上の雲』によって支えられる「日本人のアイデンティティ」も、私には病的と感じられるのです。

36　立ちすくむアイデンティティ

それだけでなく『坂の上の雲』によって支えられるアイデンティティには、外国人との心底からの交流を不可能にするという、世俗的実害が必然的にともないます。

このことを示すために本節と次節で、前に（第11節）ふれた私の二〇〇五年の旅順旅行からの話を二つ紹介させてもらいます。

旅順は日清戦争時の旅順虐殺だけでなく、日露戦争時の旅順要塞攻防戦の舞台でした。ここには中国海軍の基地があるので外国人の立ち入りは長く禁じられていました。しかし外貨獲得のためと思われますが、日露戦争の史跡として東鶏冠山堡塁《ひがしけいかんざんほうるい》、二〇三高地《にひゃくさんこうち》、水師営会見所《すいしえいかいけんじょ》の三カ所が観光用に開放されました。

二〇三高地は、そこから旅順港のロシア極東艦隊を砲撃できることで、旅順攻防戦最大の激戦地となった場所です。

また水師営は旅順要塞降伏後、日本軍司令官・乃木希典《のぎまれすけ》とロシア軍司令官ステッセルの会見（一九〇五年一月五日）が行われたことで有名な場所です。

私が行ったとき水師営会見所には小さな資料館がありました。

その中に入ってみると日露戦争時の写真が展示され、年配の中国の方が日本語で解説をされていました。その写真（ヨーロッパ人記者が撮影したそうです）の一つに、日本軍兵士が現地農民の首を日本刀で切り落としているものがありました。

私がその写真を見ていたとき、私の脇におられた日本人観光客がそれを見て不思議に思ったのでしょう「どんな悪いことをこの農民はしたのか」と解説者に聞かれました。

私は横で聞いていて内心ひやりとしましたが、解説者はその手の質問に慣れているらしく平然と答えました。

お客さん。中国人はここでただ暮らしていただけです。そこに勝手に日本軍とロシア軍がやってきて、住民の家も畑も無視して戦争を始めました。それに少しでも反抗した人間は、みんなこんな目に会っているんですよ。

その答えにたずねた人は絶句して立ちすくむだけでした。

もちろん私は質問した人を非難しているのではありません。この人の個人としての責任が皆無とまでは思いませんが、一般の日本国民が日本近代史の知識を持っていないことの責任の大部分は、日本社会全体が負わねばならないと思っているからです。

私が言いたいのは、『坂の上の雲』に支えられたアイデンティティを持つ人とは、ここで立ちすくんだ人と同様に、日本近代史の不都合な真実に出会うたびに立ちすくまなければならないということです。

その人たちは近代史の知識を持つアジア、そして世界の人たちと、真の友好関係を築きえないということなのです。

37　アイデンティティの牢獄『坂の上の雲』

今一つ、同じ旅順旅行のとき聞いた話を紹介させてもらいます。

水師営での乃木希典とステッセルの会見を『坂の上の雲』は次のように書いています。

会見の場所は、水師営である。水師営とは村の名であり、その会場として指定されたのは劉《りゅう》という百姓家であった。戦闘中この家は日本軍の野戦病院につかわれていた。

「庭に一本棗《ひともとなつめ》の木」

と、後年の「尋常《じんじょう》小学国語読本」巻九の「水師営の会見」の歌の歌詞にあるように、門を入って左の泥塀に沿って棗の木がある。歌詞に「弾丸あともいちじるく」とうたわれているように、無数の弾痕《だんこん》が樹皮を裂いて生肌をあらわしている。〔25、第四巻、三五四頁〕

司馬氏がいう小学校唱歌「水師営の会見」は、ある年代以上の日本人には懐かしい歌で、そういう人たちは水師営観光で棗《なつめ》の木の存在を期待するはずです。

私は、旅順古戦場の「外貨獲得」のターゲットはもっぱら日本人のはずだから、水師営には日本人観光客用に棗の木が植えられていると推測していましたが、やはりありました。もちろん日露戦争当時の木ではなく、日本人観光客用に何代か植え替えられたものです。

ここまでは笑い話なのでしょう。

水師営における棗の木

二〇三高地に立つ「国の恥を忘れるな」の看板
(写真は二枚とも半沢撮影)

しかしガイドさんの話では、私が行った少し前に、「国の恥を忘れるな」という中国語の看板が立つ二〇三高地で日本人観光客のグループが「水師営の会見」を歌い出し、それに怒った中国人観光客と大喧嘩になったそうです。

そこまで行けば笑い話になりません。

ここで私が言いたいのは、『坂の上の雲』に支えられたアイデンティティを持つ人たちとは、二〇三高地で無神経に「水師営の会見」を歌い出す人たち同様に、アジアそして世界の人がどう感じているかに無神経な行為を繰り返す人たちであろうということです。

このように事実の前に立ちすくみ、無神経な行為を繰り返す日本人は、とてもアジアや世界の人々と心底からの交際はできないでしょう。

こうして『坂の上の雲』は日本人にとって一見「アイデンティティの救命ボート」と見えるかもしれないが、実は日本人が世界と真のかかわりを持つことを不可能にし、またそのことによって日本人が人類の一員としてこれからの新しい時代に生きることを不可能にする、「アイデンティティの牢獄」ではなかったかと私には思われてならないのです。

第8章　人類の課題としての帝国主義の克服

38　日本だけではない空想の歴史の問題

そこで私たち日本人がこの「アイデンティティの牢獄」を、いかに克服するかが問題になります。

実は、本書でこれまで指摘してきた「空想の歴史」とか「アイデンティティの牢獄」といった問題は、日本だけで起こっている問題ではありません。

そしてそれがどういう方向で解決がはかられるべきか、（後述するように）人類全体としての方法はおおむね定まっているように私には思われます。

本章ではそういったことを確認したいと思います。

まず本節では空想の歴史の問題が日本以外にもあることを見ておきます。

その一典型例は、トルコが第一次世界大戦後の民族運動弾圧で百万人以上のアルメニア人を殺した「アルメニア大虐殺」（一九一五）に見られます。トルコ政府はいまだその史実であることを認めず、プリンストン大学に出資して「アルメニア大虐殺のまぼろし」を主張するトルコ史講座まで開いているそうです［37、二四三〜四頁］。また別の例を挙げれば、ドイツはユダヤ人他数百万人もの人々を、アウシュビッツなどの強制収容所で虐殺しました。しかしそれを幻想とする書物がかつて次から次へと出版されたことを、ティル・バスティアン氏は次のように述べています。

アウシュビッツの残虐行為を些細《ささい》なことだと言ってみたり、それは実在しなかったなどという人間は、果してたくさんいるのだろうか。答えは「イエス」である。……

例えば、フランスの大学教授ポール・ラシニエ（一九六七没）は、一九四八年に小冊子『オデュッセウスの嘘』を、一九六八年には『何が真実か？　ユダヤ人と第三帝国』を出版した。……

一九七〇年にはエミル・アーレッツの『ある嘘の魔法陣』という書物が、そして七三年にはティース・クリストファーゼンの『アウシュビッツの嘘―ひとつの体験談』という小冊子が発行された。

……そして一九七九年には、ハンブルグの年金生活者で元財政裁判所判事ヴィルヘルム・シュテークリッヒ博士の『アウシュビッツ神話―伝説か事実か』とエーリヒ・ケルンの『ユダヤ人の悲劇―プロパガンダと真実の狭間《はざま》の運命』が刊行された。……

前述した〈アウシュビッツの嘘〉を処罰の対象とする一九八五年の刑法改正ののち（半沢注、ドイツは一九八五年にナチ支配下の戦争犯罪を否定することを侮辱罪として処罰できるように刑法を改正）、「修正派」の刊行物の数は目に見えて減った。だがそれは「修正派」の影響力が弱まったということを意味するものでは決してない。［38、八四〜六頁、一部ルビ半沢］

これは、人名や書名など固有名詞を換えれば、そのまま現在の日本に当てはまりそうな記述です。第二次世界大戦の勝者だったアメリカも、インディアンを殺し土地を奪った過去や、広島・長崎への原爆投下などの戦争犯罪について、その歴史認識は十分なものではありません［4、37］。「アイデンティティ難民」や「アイデンティティ亡者」といった形容に（残念ながら）当てはまる人は、世界中に（これも残念ながら）嫌になるほど多数おられます。

だから空想の歴史が日本だけの問題でないのは、いわば必然のことなのです。

39　帝国主義を支えた小説

そして「空想の歴史」と「アイデンティティ」の問題が関連していることも、日本だけのことではありません。

そのことをパレスチナ出身の比較文学者エドワード・サイード氏（一九三五〜二〇〇三）が、その高名な著書『文化と帝国主義』〔13〕で語っています。

『文化と帝国主義』では、ディケンズの『大いなる遺産』、コンラッドの『ノストロモ』『闇の奥』、ジェイン・オースティンの『マンスフィールド・パーク』、キプリングの『キム』、カミュの『異邦人』、E・M・フォースターの『インドへの道』など、世界文学史上の名作と帝国主義の関係が論じられ、

帝国主義的な姿勢とか言及とか経験の形成において、小説のはたした役割は、とてつもなく大きいとわたしは考えている。〔13、巻1、三頁〕

と指摘されています。

さらにサイード氏は、『キム』や『異邦人』など多くの小説に「空想の歴史」的要素があることを指摘し、さらに小説は帝国主義の現実を自国民のアイデンティティに訴えかけ、正当化することによって帝国主義を支えたことを、次のように語っています。

①　なにしろ小説の主たる目的とは、問題を提起しないこと、ことをあらだてないこと、攪乱《かくらん》しな

いこと、さもなければ注意をひかないこと、そうして帝国を多かれ少なかれ今の姿のままにとどめておくことなのだから。〔13、巻1、一五一頁、ルビ半沢〕

② アイデンティティ、いつもアイデンティティ。それが他者について考えることよりも優り、優先されるのである。〔同、巻2、一八三頁〕

帝国主義国の人民がすべて「支配層にだまされて」植民地支配に荷担したというのは幻想で、多数の帝国主義国人民にとって植民地支配とは、実利だけでなく小説的ロマンチシズムをかきたてる魅力にみちたものだったのです。（それだからこそ、民主主義国内における、自国の過去の帝国主義に対する批判が重要でも必要でもあるのです。）

さてサイード氏が取り上げた名作の多くが、逆に帝国主義を告発する二面性をも有しているのに対し、『坂の上の雲』はあまりにも一面的です。しかし『文化と帝国主義』の指摘が、『坂の上の雲』をとりまく状況に通じていることに、気づかれた読者も多いと思われます。

「空想の歴史」と「アイデンティティ」の問題が関連していることも、日本だけではなく世界的な現象だったのです。

40　アイデンティティに先行すべき理性と人類同胞の精神

こうして近年、アイデンティティというものが社会現象一般に深い影響を持つことが、人類に認知されてきました。

国際的な影響力を持つインド人社会哲学者アマルティア・セン氏（一九三三〜）も、一九九八年のノーベル経済学賞受賞以来、アイデンティティ問題に対する発言が目立ちます［2、3］。セン氏は、アイデンティティの問題が民族・宗教間の非寛容と暴力に深いかかわりを持っていることを論じ、アイデンティティは個人にとって必然のものでも宿命でもなく、コントロールできるものであることを次のように力説しています。

①　選択はちゃんとあるのだ。合理的判断の可能性もまたしかり。選択が永久にないと思ったり、合理的に考えることはできないと思ったりするような誤った思い込みが、もっとも人の心を縛り付けるものなのである。［2、四一頁］

②　「人間」であるという、おそらく最も基本的なアイデンティティでさえ、正しく理解すればわれわれの視野を拡大してくれるものだ。われわれが分け持っている人間としての責務は、「民族」や「国民」の一員によって成り立っているわけではない。［同、四四頁］

セン氏は、民族間の非寛容と暴力をもたらすアイデンティティの克服は、理性と人類同胞の精神にもとづいて克服しなければならないと述べられているのです。

41 世界人権宣言第一条との合致

前節のセン氏の主張は、一九四八年の国連総会で採択された世界人権宣言の第一条、

すべての人間は、生まれながらにして自由であり、かつ、尊厳と権利とについて平等である。人間は、理性と良心とを授けられており、互いに同胞の精神をもって行動しなければならない。

に合致しています。

すべての人間が人間としての権利を持つという「人権の思想」は、イギリス革命、アメリカ独立戦争、フランス革命といった欧米の近代革命の中で立ち現れてきました。

しかし現在私たちが持っている「人権の思想」、つまり世界人権宣言に表された思想は、けっして近代欧米の産物というだけのものではありません。

実際、世界人権宣言の誕生を、アメリカの人権法学者ミシェリン・R・イシェイ氏は次のように述べています。

世紀をまたいで数多くの流血の惨事の原因となった文化の不一致と根深いイデオロギー的な分断によってもたらされた障害を乗り越えることは、容易な仕事では決してなかった。世界人権宣言を起草する任務を一九四五年に負っていた人権委員会のメンバー以上に、そうした挑戦について気づいていた者はいなかった。結局、エレノア・ルーズベルト（Eleanor Roosevelt, 1884-1962）議長の下にあった人権委員会の委員たち自らが、文化的背景と哲学とにおいて、激しい対照を示したのである。中国の儒教哲学者で、外交官、そして人権委員会の副議長であった張彭春（Peng-Chung Chang, 1892-1957）およびレバノンの実存主義哲学者でラポルトゥール（書記）であったシャルル・マリック（Charles Malik, 1906-1987）、そしてフランスの法学者で後のノーベル平和賞受賞者であるルネ・カッサン（Rene Cassin, 1887-1976）が、人権の共通の理解にいかにして到達することができたのか不思議に思われるだろう。……意外なことに、人権委員会の委員たちのすべてが、深く自らの任務に専念し、彼らを分かつ無数の相違を超越することによって、彼らの歴史的任務に応答したのである。[66、五二〜三頁]

ここでエレノア・ルーズベルトとは、一九二九年の世界大恐慌にニューディール政策（一九三三〜）を行ったアメリカ大統領F・ルーズベルト（在職一九三三〜四五）の夫人です。

「世界人権宣言」はこの人を委員長とする委員会で起草され、当然ながらニューディール政策の背景にあったリベラルな社会民主主義の影響が濃いのですが、それだけではなく多様な文化圏出身者の同意によって創出されたことを、イシェイ氏は述べているのです。

「人権の思想」の基礎をなす、すべての人間が尊重されなければならないというヒューマニズムが、人類全体に古代から見られることを考えれば、これは当然のことともいえるでしょう。それゆえに「人権の思想」を護り普及するために、私たち一人一人が人類の一員として努力しなければならないように（少なくとも私には）思われるのです。

ここで振り返れば、帝国主義とは国が他国を自己の権益のために支配するという、もっとも人権に反するシステムでした。

だから人類は「人権の思想」にもとづく社会を形成するために、帝国主義およびそれにつながる観念を克服しなければならないとも思うのです。

第二次世界大戦後に旧植民地のほとんどが独立し、（パレスチナやチベットなど新しい植民地の問題が生じましたが）植民地型帝国主義の時代はほぼ終わりました。けれどもアメリカが採用した傀儡政権《かいらいせいけん》を利用するタイプの帝国主義はいまだ続いています。

さらにG8八カ国アメリカ、イギリス、フランス、ドイツ、イタリア、ロシア、日本、カナダが、カナダをオーストリアに換えればそのまま北清事変（一九〇〇）に出兵した帝国主義列強であること（第15節参照）から分かるように、植民地型帝国主義の影響もなお世界に顕著に残っています。

しかしこの世界人権宣言によって、人類は帝国主義の克服を、またそれを支えるアイデンティティの克服を、「理性」と「人類同胞の精神」にもとづいて行うことを自らの目標に定めたといって良いでしょう。

42　事実の相殺で思考停止してはならない

議論をここまで進めてきたところで、先に（第7、29節）述べたものとはまた別の思考停止法についてコメントしておきたいと思います。

日本の過去の帝国主義を肯定する人がよく言うことに、「日本だけが侵略戦争や帝国主義をやったわけではないのに日本だけが責められるいわれはない」というものがあります。

それはまったくそのとおりで、私もその主張を支持します。

しかしそこで思考を停止し、論理の走り幅跳びを行い、過去の帝国主義を肯定することには反対します。

「日本だけが責められるいわれがない」ことで過去の帝国主義を肯定する人が、意識しようとしないことは、日本あるいは世界で帝国主義を批判している人たちのほとんどが、特定の一国のみではなく世界の帝国主義全体を批判している事実です［4、13、37］。「日本だけが責められている」というのは、ある志向を持った人たちの妄想にすぎないのです。

そもそも「自分だけが悪いのではないから自分のやった悪いことはきれいさっぱり忘れよう」というのは、人間として恥ずべき姿勢といわざるをえません。

それからこれもよくいわれることに、「帝国主義は植民地のインフラを整備するなど建設的なこともした」というものがあります。

しかしこれもそこから帝国主義を肯定したい人たちが見ようとしないことは、そこでいわれる「インフラ整備」が、植民地人民のためではなく、宗主国の利益のため植民地からの激しい収奪によって行われたことです（第16節や［44］など参照）。「インフラを整備した」ことも帝国主義の言い訳にはならないのです。

そもそも「良いこともしたのだから悪いことはきれいさっぱり忘れよう」というのも、人間として恥ずべき姿勢のはずです。

こういった「事実の相殺」を「口実」にして、帝国主義肯定のアイデンティティに引きこもってはならないのです。

こうして帝国主義の克服は一国または関係国だけの問題ではなく、人類全体の問題であって人類全体として考えなければならないことなのです。

43　脱帝国主義の地球へ

こうして、さまざまな障害もあり、また遅遅《ちち》とした歩みでもありますが、世界は全体として脱帝国主義の地球へと変貌しつつあるように思われます。

例えば二〇〇五年にトルコの作家オルハン・パムク氏は、誰も語らないゆえに自分には語る義務があるとし、アルメニア大虐殺の史実性を公然と認めたことにより国家侮辱罪で告発されました。しかしその翌年同氏がノーベル文学賞を受賞したことにより、国際世論を気にした裁判所によって告訴は取り下げられたそうです［17、二六八頁］。

またドイツの歴史教育や戦後補償は、私の友人であるドイツ戦後補償の専門家・田村光彰《たむらみつあき》氏に言わせれば限界もあるようですが、世界からそれなりの尊敬を受けています。この間自殺された盧武鉉《ノムヒョン》氏が韓国大統領だったとき（二〇〇五）、日本の国連常任理事国入りは支持しないがドイツのそれは支持すると発言されたのは印象的でした。

なお韓国併合百周年の年に『坂の上の雲』がＮＨＫスペシャルドラマとして放映される日本に対比

して、ドイツのことで特筆しておきたいことがあります。

それはドイツでは七〇年代の終わりにナチのユダヤ人虐殺を描いたアメリカのテレビドラマ「ホロコースト」が四回シリーズで放映され、ドイツ国民に大きな衝撃を与えつつも、その歴史認識に対する反省をうながしたことです。このドラマ放映について田村光彰氏は、

> 企業が、また学者もナチス政体を支えた事実が、茶の間に放映される。このドラマの放映は、時効そのものを廃止する力をも発揮した。一九七九年、ナチス犯罪を含めた全ての謀殺罪の時効が廃止された。〔32、二二頁〕

とされています。

本書のこれまでの検討から明らかと思われますが、『坂の上の雲』は韓国併合百周年にＮＨＫスペシャルドラマとして放映されるのにふさわしい物語ではありません。

例えば帚木蓬生《ははきぎほうせい》氏の『三たびの海峡』〔51〕はアジア・太平洋戦争末期における、北九州炭坑での朝鮮人強制労働を描いた小説で、神山征次郎《こうやませいじろう》監督、三国連太郎主演で映画化（一九九五）されたことがあります。私には『三たびの海峡』のような小説が、韓国併合百周年にＮＨＫスペシャルドラマとして放映されるにふさわしい小説と思われるのです。

さて現在のG８が、北清事変に出兵した帝国主義列強とほとんど同じだと前々節で指摘しました。ところがG８だけでは現在の世界金融危機を処理できず、G20（G８＋アルゼンチン、オーストラリア、ブラジル、中国、インド、インドネシア、メキシコ、サウジアラビア、南アフリカ、韓国、トルコ、EU）が招集されたことは、（この体制で世界金融危機をもたらしたネオリベラリズム＝市場原理主義を克服できるかどうかはともかく）人類全体が本格的な脱帝国主義の時代に入ったことを私に感じさせました。

このような時代になお『坂の上の雲』にそのアイデンティティを求める日本は、脱帝国主義の地球において、「アイデンティティ難民」とか「アイデンティティ亡者」といった形容が（残念ながら）当てはまる人たちであふれた、「アイデンティティの孤島」になってしまうのではないかと私は危惧《きぐ》しているのです。

第9章 「日本人のアイデンティティ」を考えなおす

44 越境できるアイデンティティへ

そこで最後に今までの議論を踏まえ、「日本人のアイデンティティ」を根本から考えなおしてみたいと思います。

これまでの検討から明らかなことは、日本人は『坂の上の雲』によって支えられるような帝国主義的アイデンティティをきっぱりと捨て、理性と人類同胞の精神にもとづき国境を超えられるようなアイデンティティを持つべきだということです。

人間が国境を超えられるアイデンティティを持てることは、歴史上の多くの人生がそれを証明しています。

日本史から一例を挙げれば、鑑真《がんじん》（六八八～七六三）は仏教伝道のため失明するという艱難《かんなん》の果てに来日しました。その鑑真の寺「唐招提寺《とうしょうだいじ》」の意味を、中村元《なかむらはじめ》氏は次のように説明しています。

唐招提寺というと、人びとは古美術を連想するが、そこに表現されているコスモポリタンの理想をあまり知らない。唐から来朝した鑑真和上《がんじんわじょう》が開いたから、「唐」という名を最初につけている。さらに「招提」とはパーリ語などでチャートウッディサ（catuddisa）という語の音を写しただけであるがチャートウッディサとは……「四方の人」……という意味である。

……

「四方の人」をドイツの学者は「世界市民」（Weltbürger）と訳している。まさにコスモポリタンなのである。［46、六～七頁］

芭蕉の「若葉して御目《おんめ》の雫《しずく》ぬぐはばや」の句（『笈《おい》の小文《こぶみ》』）や、井上靖氏の『天平《てんぴょう》の甍《いらか》』などを振り返れば、日本人は昔から今まで鑑真を敬愛してきたと思われます。

その鑑真はまた、国境を超えるアイデンティティを持つことの可能性を、私たちに日本人に語ってやまないのです。

45　アイデンティティと文化共同体

さて越境できるアイデンティティにはさまざまな形態が可能でしょう。そして帝国主義と人類同胞の精神が矛盾することは明らかです。だから「日本」と帝国主義が不可分のものならば、人類同胞の精神を尊重したい日本人は「日本」にとらわれないアイデンティティを選択しなければならないと思われます。しかしそういう選択は可能なのか、また「日本」と帝国主義はほんとうに不可分なのか、より根本的に、そもそも「日本」とは何かといった疑問が次々と浮かんできます。

アマルティア・セン氏は先に（第40節）で引用した講演で、このような疑問に答えるかのように、次のようなコメントを残しています。

第一に、たとえある基本的な文化的態度や信念がわれわれの合理的判断の性質に「影響を及ぼす」ことがあるとしても、それを完全に「決定してしまう」ことはないだろう。……文化の及ぼす影響は確かにあるし、重要であるけれども、選択の余地はまだまだ残っているのである。

第二に、いわゆる「文化」というものの中には、われわれの合理的判断を形成するような、「唯一の」まとまった態度や信念がはっきりとした形で含まれているとは限らない。実際、こうした「文化」

の多くがその内部にかなりの多様性を持っているのであって、様々な態度や信念が、大雑把《おおざっぱ》に括《くく》られた同じ文化の中に共存しているといって良い。［2、三六～七頁、ルビ半沢］

ここでセン氏は、ある文化共同体に属していたとしても、そのなかでも選択ができること、またその共同体の文化はその成員がしばしば思うより、はるかに相対的かつ多様であることを述べています。日本の場合についていえば、日本人であっても「日本」にとらわれない生き方が可能であること、またそもそも「日本」自体が「日本」「日本」とこだわる人が思うようなものではなく、はるかに相対的かつ多様な存在だということです。

私たちはセン氏の指摘がたしかに日本にも当てはまることを以下確認しましょう。

46　帝国主義に抵抗した日本人

まず日本人であっても「日本」に束縛されない生き方が可能であることは、帝国主義の時代に帝国主義に抵抗する生き方をした日本人が存在したことで証明されるでしょう。

例えば本書で最初のころ（第4節）ふれたように、内村鑑三はキリスト者の立場から日露戦争に反対しました。

内村は日露開戦直前の一九〇三年の『萬朝報《よろずちょうほう》』に次のように書いています。

余は日露非開戦論者である計《ばか》りではない、戦争絶対的廃止論者である、戦争は人を殺すことである、そうして人を殺すことは大罪悪である、そうして大罪悪を犯して個人も国家も永久に利益を収め得ようはずがない。［52、一七八〜九頁］

また戦後の一時期総理大臣になったこともあるジャーナリスト石橋湛山《いしばしたんざん》（一八八四〜一九七三）は、一九二一年の『東洋経済新報』社説で、次のように、日清・日露戦争で獲得した植民地をすべて放棄せよと主張しました。

例えば満州を棄てる、山東を棄てる、その他支那が我が国から受けつつありと考うる一切の圧迫を棄てる、その結果はどうなるか、また例えば朝鮮に、台湾に自由を許す、その結果はどうなるか。英国にせよ、米国にせよ、非常の苦境に陥るだろう。何となれば彼らは日本にのみかくの如き自由主義を採られては、世界におけるその道徳的位地を保つを得ぬに至るからである。その時には、支那を始め、世界の小弱国は一斉に我が国に向かって信頼の頭を下ぐるであろう。インド、エジプト、ペルシャ、ハイチ、その他の列強属領地は、一斉に、日本の台湾・朝鮮に自由を許した如く、我にもまた自由を許せと騒ぎ立つだろう。これ実に我が国の位地を九地の底より九天の上に昇せ、英米その他をこの反対の位地に置くものではないか。〔65、九八〜九頁〕

さらに「トルストイの弟子」を自認した弁護士・布施辰治《ふせたつじ》（一八八〇〜一九五三）は、植民地支配のもとに悲惨な境遇にあった台湾や韓国の人民のため苦闘しました〔61〕。韓国政府は独立運動貢献者に贈られる「建国勲章」を、二〇〇四年にこの日本人に贈っています〔48、八六頁〕。

ここに挙げた三人はほんの一例にすぎず、帝国主義の時代でも多くの市民、労働者、学者、宗教者、その他の人々が、帝国主義に抵抗して生きることを選びました。

もちろんこれらの人たちは並外れた人間的強さを持っていた人たちであり、その生き方は私もふくめて弱い人間にはなかなかまねのできないことです。

しかし困難と不可能はあくまでも別の概念です。日本人であっても日本に束縛されない生き方が可能であることを、この人たちの生き方は証明しているのです。

47　「日本」の相対性と多様性

次に「日本」自体が、「日本人のアイデンティティ」に固執する人々が思い込んでいるような、単純なものではないことも確認しましょう。

まず「日本」自体、それほど境界がはっきりしている概念ではありません。先に（第8節）日露戦争で日本はヨーロッパ文明の武器で戦ったことを注意しました。この時代に日本は欧米帝国主義のアジアにおける落とし子だったといえるでしょう。

しかし日本文化をその成り立ちから考えてみれば、東アジアから稲作を学び、朝鮮半島から金属文化を学び、中国から文字と国家制度を学び、インドから（中国・朝鮮経由ですが）仏教を学び、ヨーロッパから自然科学や議会制度（ついでに帝国主義）を学び、アメリカから（特にGHQの進歩派であったニューディーラーたちから）民主主義を学んだ、そもそものはじめから今日に至るまでハイブリッドな文化だったことが分かります。

世界のどの文化も大なり小なりそういうものでしょうが、他文化の影響のもとに形成されたという点において、日本文化は特にきわだっていると思います。

日本とは世界あっての日本であり、世界から孤立した独自の日本は幻想にすぎません。

また『坂の上の雲』は踏み込んだ叙述をしていませんが、日本の帝国主義を支えた天皇制についても、日本の歴史において絶対的な存在ではありません。

私たちが抱いている「天皇」の概念は、七世紀末に成立した律令国家によって造られました。

その律令国家の史書『古事記』『日本書紀』は、天皇家を神話的過去から前方後円墳が造られていた時代（三世紀後半〜六世紀末）を通し断絶なく続いた王家としています。

その結果私たち日本人は、全長四〇〇メートルを超える誉田山古墳《こんだやまこふん》や大山古墳《だいせんこふん》を「応神天皇《おうじんてんのう》」（第9節でふれた「仲哀天皇《ちゅうあいてんのう》」と「神功皇后《じんぐうこうごう》」の子）や「仁徳天皇《にんとくてんのう》」（「応神天皇」の子）の「天皇陵」と思い込んでいます。

しかし前方後円墳時代に『古事記』『日本書紀』に書かれたような「天皇」がいたというのは、それからはるか後代に書かれた『古事記』『日本書紀』自身の主張にすぎず、他に根拠があるわけではありません。

むしろ前方後円墳時代には、地方の中首長・小首長は、規模こそ違え倭王《わおう》の墓と思われる誉田山古墳や大山古墳と同型の前方後円墳に、倭王と同じ形式で埋葬されています。この事実は、前方後円墳時代の倭王が権威を自家に集中させた後世の天皇と、まったく異質の存在であったことを物語っています。

「天皇」が古代日本からの伝統だという通念も幻想にすぎないと私には思われます。

また「日本」の思想的伝統にしてもけっして単純なものではありません。

先に（第9節）『古事記』『日本書紀』には「神功皇后」が朝鮮を攻めてそれを臣下にしたという神話があり、それが豊臣秀吉の朝鮮侵略や韓国併合で利用されたことを述べました。

しかしこのような差別的・侵略的伝統だけが日本にあったわけではありません。

上宮法皇《じょうぐうほうおう》（五七四〜六二二）、つまり俗に「聖徳太子」と呼ばれる人物が（私は「聖徳太子」を前方後円墳時代から天皇制律令国家時代への過渡期に即位していた仏教倭王だと考えています［53］）、大乗仏典《だいじょうぶってん》である『法華経《ほっけきょう》』『勝鬘経《しょうまんぎょう》』『維摩経《ゆいまぎょう》』に注釈した『法華義疏《ほっけぎしょ》』『勝鬘経義疏《しょうまんぎょうぎしょ》』『維摩経義疏《ゆいまぎょうぎしょ》』という三冊の本が残っています。『古事記』『日本書紀』より一〇〇年も前の、残存する日本最古の書物です。

その一つ『維摩経義疏』で上宮法皇は、仏教の修行とは他者とその苦楽をともにすることだという、これからの人類の生き方にも示唆を与えそうな宗教哲学を展開しています［7］。

その上宮法皇の遺児・山背大兄皇子《やましろおおえのおうじ》（?〜六四三）は、蘇我入鹿《そがのいるか》（?〜六四五）に攻撃されたとき（六四三）、蘇我氏と闘えという臣下の言葉に、闘えば人民に死者が出る、その子どもたちが将来山背大兄皇子のために自分たちの親が死んだと嘆くのに耐えられないといって、一族もろとも自殺しました（『日本書紀』）。

「神功皇后」の朝鮮征伐神話とか、「海行かば水漬《みづ》く屍《かばね》　山行かば草むす屍《かばね》　大王《おおきみ》の辺《へ》にこそ死なめ」（『万葉集』『続日本紀《しょくにほんぎ》』）といった天皇制の差別的・侵略的伝統とは異質の伝統も、古代日本に存在していなかったわけではないのです。

「日本人のアイデンティティ」にこだわる人たちの「日本」に対する知識は非常に狭いものです。

ほとんどの人は『古事記』『日本書紀』も読まずに天皇制を支持していますし、本書で挙げたような基本史料を知らずに日本の過去の帝国主義を賛美しています。

私たちは「日本」「日本」と声高に叫ぶそのような人たちを、「あなたたちの考えている日本は、実は日本を矮小化してとらえた幻想ですよ」と、静かにたしなめることができるでしょう。

こうして「日本人のアイデンティティ」にこだわったとしても、そのこだわる先の「日本」は相対的かつ多様な存在であり、「人類の一員としてのアイデンティティ」と矛盾しない「日本人のアイデンティティ」も当然ありうるのです。

48　結　論

ここまでだいぶ議論を重ねてきました。最後に本書で得られた諸結論をまとめて掲げ、議論を締めくくりたいと思います。本書で得られた結論とは次のようなものです。

①『坂の上の雲』の「日清戦争の帝国主義は定義の問題だ」という歴史観は史実に反した幻想である。（第3章）
②『坂の上の雲』の「日露戦争は日本の祖国防衛戦争だった」という歴史観も史実に反した幻想である。（第4章）
③『坂の上の雲』は、その幻想の歴史観を物語るために多くの無知、意図的な隠蔽と曲筆、半ば

意識的な不勉強を犯した空想歴史小説である。（第5章）

④『坂の上の雲』は戦争歴史文学としての理念も高くない。（第6章）

⑤『坂の上の雲』は史実に対する理性をマヒさせ、世界の人との心からの交流をさまたげるアイデンティティの牢獄である。（第7章）

⑥「日本人のアイデンティティ」は、『坂の上の雲』のような帝国主義への未練を捨て、理性と人類同胞の精神にもとづき再構築されねばならない。（第8章）

⑦「日本」とは「日本人のアイデンティティ」にこだわる人たちが普通思い込んでいるようなものではなく、相対的で多様なものであり、「人類の一員としてのアイデンティティ」と矛盾しない「日本人のアイデンティティ」もまた可能である。（第9章）

拙い議論にここまでおつきあいくださった皆様に心から御礼もうしあげます。

おわりに

最後に本書のタイトル「雲の先の修羅《しゅら》」の説明をしたいと思います。

説明するまでもなく「修羅」とは「修羅道《しゅらどう》」の略で、「修羅道」とは仏教で衆生《しゅじょう》（生きもの）がさまよう「六道《りくどう》」すなわち「天道」「人道」「修羅道」「畜生道」「餓鬼道」「地獄道」の一つで、「畜生」「餓鬼」「地獄」の手前、人間同士が殺し合う状態をいいます。

私は本書のタイトルを、日露戦争の「坂の上の雲」の先に、日本が韓国を植民地にする修羅の世界が広がっていたことを意味してつけました。

このタイトルは、本書冒頭に掲げた明治の文豪・幸田露伴《こうだろはん》（一八六七〜一九四七）の俳句からとったものです。

その俳句は、晩年の露伴に師事した出版業者・小林勇氏の『蝸牛庵訪問記《かぎゅうあんほうもんき》』（蝸牛庵は露伴の雅号《がごう》）の、次の一節に出ています。

この年、先生は「ほとんど何もしなかった。ただ一句作っただけだ」といって、

あの先で修羅はころがれ雲の峰

という句を色紙に書いてくれた。「こんな句を人に見せたら、叱られるだろう」とつけ加えた。〔21、二七二頁〕

小林氏が言う「この年」とは太平洋戦争開戦翌年の一九四二年です。その年に露伴は、のどかに見える雲の峰の向こうに、人間が殺し合い「修羅がころがる」＝「修羅道が転回する」世界があるという俳句を作りました。これは「反戦」とはいえないまでも「厭戦《えんせん》」の句であり、たしかに「人に見せたら叱られる」ものだったでしょう。

私がこの俳句を知ったのは、若いころ読んだ羽仁五郎氏（一九〇一〜八三）の本に次のように紹介されていたからです。

つまり、夏、雲の峰が見えたんだな。つまりあの先は修羅なんだなあ、と。……幸田露伴はまだ、感覚を持ってるんだよ。あの雲の向こうでは、日本軍が行って殺し合いをやってる、なんて、公平なことじゃないんだよ。向こうの人は、平和に暮らしていたんだよ。そこへ日本軍がいったんだね。鬼のような日本軍が。その鬼のような日本軍というのは、ぼくであり、皆さんなんだよ、ね。〔50、一七八頁〕

羽仁氏と小林勇氏は友人で、羽仁氏は『蝸牛庵訪問記』にも登場しています。一九四二年当時、羽仁氏と小林氏の間でこの俳句が話題になったと思われます。

ところで私は帝国主義を克服する問題でも過度に情緒的なことに批判的であり、また日本の戦後世代には過去の侵略戦争に対する直接の責任はもちろんないと思っているので、「鬼のような日本軍というのは、ぼくであり、皆さんなんだよ」という羽仁氏のレトリックには感心しません。しかし「戦後世代に直接の責任はない」ことを口実に思考停止してはなりません（第7、29、42節に次ぐ第四の思考停止法）。なぜなら戦後世代にも、現代日本における間違った歴史認識や戦後補償の欠如に対する責任はあるからです。（私はその責任感のもとにこの本を書きました。）

私はそういう気持ちを持っていたので、羽仁氏の文章を読んだとき、そこに『坂の上の雲』が言及されていたわけではありませんが、その先の「修羅」を見せない「雲」として、自然に『坂の上の雲』

を連想してしまいました。

それ以来私は、『坂の上の雲』が意識されるごとに、この俳句を連想する癖がついてしまいました。そこで本書のタイトルを考えたとき「雲の先の修羅」がまことにふさわしいと思われたのです。

さて幸田露伴は『坂の上の雲』には登場しません。しかし副主人公・正岡子規が小説から詩歌に転じた事情を、『坂の上の雲』では、

……いまではすでにその熱もさめはじめている。［25、第1巻、二六九頁］

とあっさり書き流していますが、実はその舞台裏には露伴がいました。

子規が露伴の『風流仏』に感動し、自分が書いた習作の批評を露伴に求めて芳《かんば》しい返事を得られなかったことが、子規が小説家になることを断念した理由だったからです［29、五〇〜三頁］。

こうして露伴は『坂の上の雲』にも多少の縁がある人ですが、『坂の上の雲』を書いた時点での司馬遼太郎氏が露伴と違い、「雲の先の修羅」を見る感覚がまったく持たなかったことは本書で見てきたとおりです。

『坂の上の雲』に支えられる日本人のアイデンティティに問題があり、これからの日本人のアイデンティティは、理性と人類同胞の精神をもとに形成されねばならないというのが本書の主張でした。

そのアイデンティティとは「坂の上の雲」の「雲の先の修羅」が見られる感覚をともなったもののはずです。

私は少しでも多くの方に「雲の先の修羅」が見られる感覚を持ってもらえることを願ってこの本を書きました。

繰り返しになりますが、『坂の上の雲』の問題に関心を持たれる多くの方に、本書が読んでいただけることを希望してやみません。

付録　戦争の数学

——百発百中の砲一門は百発一中の砲百門に匹敵しない

第一章　疑似数理への数学的批判

一　「連合艦隊解散の辞」の疑似数理

日本海海戦でバルチック艦隊を殲滅《せんめつ》した連合艦隊は戦争で臨時に編成されたものです。したがって日露戦争終結後に解散することになり、その記念式典が一九〇五年一二月二一日に東京湾で行われました。その席上で連合艦隊司令長官・東郷平八郎が、『坂の上の雲』の主人公・秋山真之《あきやまさねゆき》が書いたとされる、有名な「連合艦隊解散の辞」(インターネットの多くのホームページに紹介されています)を読み上げています。

この「連合艦隊解散の辞」は、日本が日露戦争の戦果を保ち、さらに栄えるには海軍の力が必要であり、その力とは目に見える兵器だけではなく百発百中の一砲能《よ》く百発一中の敵砲百門に対抗し得るを覚《さと》らば我等軍人は主として武力を形而《けいじ》上《じょう》に求めざるべからず。

とし、その上で、

昔、神功皇后《じんぐうこうごう》三韓を征服し給《たま》ひし以来、韓国は四百余年我統理《わがとうり》の下にありしも一度海軍の廃頽《はいたい》するや忽《たちま》ち之を失ひ……

と本書本文第9節でふれた神功皇后神話の引用をかわきりに、大英帝国がトラファルガー沖海戦(一八〇五)の勝利で世界に覇《は》をとなえたといった故事来歴《こじらいれき》にふれ、最後に「勝って兜《かぶと》の緒を締めよ」と締めくくられています。

神功皇后神話への言及も注目されますが、ここで問題にしたいのはその前の「百発百中の砲一門は百発一中の砲百門に匹敵《ひってき》する」という軍事思想です。

たしかに

$$(100/100)\times 1 = (1/100)\times 100$$

なので、この思想は一見もっともそうに見えます。

しかしそれは数字の語呂合《ごろあ》わせだけで、砲群の実力が命中率と門数のかけ算で測れるという理論的保証はよく考えると何もありません。

それどころか実際に「百発百中の砲一門」と「百発一中の砲百門」が戦えば、「百発百中の砲一門」が「百発一中の砲」を撃破していくとき、まだ破壊されていない残りの「百発一中の砲」が黙って撃破されるのを待っているわけはありません。命中率が悪いなりに「百発百中の砲一門」に雨あられと砲弾を集中するはずです。

そう考えると「百発百中の砲一門」と「百発一中の砲百門」の戦いはむしろ「百発一中の砲百門」の勝利に終わるようにさえ思われます。

つまりこの「百発百中の砲一門は百発一中の砲百門に匹敵する」という思想は、語呂《ごろ》が合うだけで現実に合わない「疑似数理《ぎじすうり》」と思われるのです。

しかしこの疑似数理は日露戦争の残した神話的遺産として、日本軍の非科学的精神主義を助長する大きな要因になりました。

ところがそういった歴史に影響をおよぼした思想にもかかわらず、この「疑似数理」に関するまとまった解説が書かれたことは、これまでなかったと思われます。またこの「疑似数理」の数学的批判は本書本文の『坂の上の雲』批判に呼応するものがあります。

そこで数学者が日露戦争にかかわる本を書く機会に、この疑似数理に関する体系的な解説を残しておきたいと思い、この付録を付け加えることにしました。

二　これまでに書かれた疑似数理批判

管見《かんけん》では、「百発百中の砲一門は百発一中の砲一門に匹敵する」という軍事思想を初めて理論的に批判したのは、「海軍のリベラル派」「最後の海軍大将」として有名な井上成美《いのうえしげよし》（一八八九〜一九七五）です。

井上は本文（第4節）でふれた松川敏胤《まつかわとしたね》と同様に仙台出身の軍人で、私にとって高校（当時は中学、井上が出たのはその分校ですが）の先輩にあたります。

三国同盟や対米開戦に反対し、対米戦をすれば負けるという意見書を提出した硬骨漢《こうこつかん》でしたが、支《し》那《な》方面艦隊参謀長時代に戦時首都・重慶《じゅうけい》への無差別都市爆撃（一九四〇）という戦争犯罪も犯しました[64]。

井上はその生涯を通して東郷平八郎の神格化に批判的だったようで[1、6]、海軍大学校教官時代（一九三〇〜三二）の講義で、

「百発百中ノ砲一門ハ、百発一中ノ敵砲百門ニ対抗シ得」トノ思想ヲ批判セヨ〔6、一二三頁〕

と、当時は半ば神聖視されていたと思われる疑似数理を、まっこうから否定する課題を出しています。またこの課題に関連した「秘」扱いの学生用研究資料が残っています〔6、資料一の2〔その四〕〕。

この資料を見ると、彼の疑似数理批判は、アメリカの海軍少将フィスク（一八五四〜?）が一九〇五年に考え出した「二乗法則《じじょうほうそく》」を、京大教授（当時）野満隆治《のみつたかはる》が微分方程式《びぶんほうていしき》により再構成した研究にもとづいているようです〔1、6〕。

井上成美の評伝は阿川弘之氏のもの〔1〕などいくつか出版されていますが、井上成美伝記刊行会編のもの〔6〕を除いて、海軍大学校時代の上記出題は紹介されていても、疑似数理批判の証明まで記されてはいません。

井上以外には、数学者の一松信《ひとつまつしん》氏が、微分方程式の簡単な応用例としてこの問題を採りあげ解説されています〔56、57〕。私がこの「疑似数理」を知ったのは、数学科の大学生時代にこれら一松氏の教科書を読んだときのことです。

ところで一松氏は、

私が子供の頃、「百発百中の大砲一門は、百発一中の大砲一〇〇門に匹敵する」というのを本で

見て、疑問に思ったことがあります。［56、三六頁］

と書かれており、井上成美関係の資料からこの問題を知られたわけではないようです。

実際、一松氏の解説には井上のことは言及されず、イギリスの工学者ランチェスター（一八六八〜一九四六）が一九一六年に発表した「二乗法則」にもとづいて「百発百中の砲百門は百発一中の砲百門に匹敵しない」ことの証明がなされています。

「ランチェスターの二乗法則」は、オペレーションズ・リサーチの方面で有名ですが、井上成美が利用した「フィスク・野満の二乗法則」と実質的に同じものです。

なお佐藤總夫氏の著書『自然の数理と社会の数理Ｉ』［23］にランチェスターの研究が紹介されていますが、フィスク、野満、井上成美のことや「百発百中の砲一門は百発一中の砲百門に匹敵しない」ことは書かれていません。

私の知る「連合艦隊解散の辞」の疑似数理にかかわる文献は以上のとおりです。

三　フィスク、野満、ランチェスターによる「戦争の微分方程式」

そこでまず本章では、前節で述べた文献を参考にしながら、「百発百中の砲一門は百発一中の砲百門に匹敵する」という命題が、数学的に間違っていることを説明します。

以下の説明では高校二年程度の数学が必要です。数学が苦手という方もおられると思いますが、できるだけ丁寧《ていねい》に説明していきますので、お付き合いいただけたら幸いです。

またそれでも数式を追うのはいやだと思われる方は、(後日確認してもらいたいと思いますが) 数式変形の技術的部分はとばし、「同兵能での残存兵数法則」(第六節) や「兵数の兵能に対する二乗法則」(第八節)、あるいは「「兵数の兵能に対する二乗法則」の意味」(第十節) といった「結論部分」だけをおさえて、この付録を読破してもらいたいと思います。

ここで数学に話を戻し、最初に本節では議論の基礎となる「戦争の微分方程式」を設定します。

今、tを時間を表す変数とします。

また$x(t)$、$y(t)$などで、時間tによって変化する量を表します。

このような$x(t)$、$y(t)$を時間変数tの「関数」と呼びます。

関数$x(t)$に対しその「導関数《どうかんすう》」$x'(t)$を

$$x'(t) = \lim_{h \to 0} \{[x(t+h) - x(t)] / h\}$$

と定義します。この式の右辺の意味が分からない方は(分かる方も)

x′(t)は時間tにおけるx(t)の変化速度

と思っていただくだけでけっこうです。

関数x(t)からその導関数x′(t)を求める操作を「微分」と呼びます。

関数x(t)が変化する様子は、その変化速度x′(t)をふくむ等式で記述されます。このような等式を「微分方程式」と呼びます。

関数x(t)をその微分方程式に代入したとき、微分方程式が成立していれば、その関数x(t)をその微分方程式の「解」と呼びます。

例えば、量x(t)が時間tによって変化しないということは、微分方程式

$$x'(t) = 0$$

で表されます。この微分方程式の解がx(t)＝C（定数）であることは、直感的に納得していただけると思います。

また、量x(t)の変化速度が一定数kであることは、微分方程式

$$x'(t) = k$$

で表されます。この微分方程式の解が係数 k の一次関数 $x(t) = kt + C$（C は定数）であることも、直感的に納得していただけると思います。

また、量 $x(t)$ の変化速度 $x'(t)$ が、もとの量 $x(t)$ に比例するという現象もよく見られます。例えば餌が豊富で天敵がいない環境でネズミが繁殖するとき、ネズミの数の変化速度、つまり増大する速度は、そのときのネズミの数に比例するとされます。この状況は微分方程式

$$x'(t) = kx(t) \quad (k\text{は比例定数})$$

で表されます。この微分方程式の解は（ここでは具体的な形を示しませんが）指数関数になります（まさに「ネズミ算」です）。

なおネズミの数は厳密にいえば一匹、二匹……といった離散値《りさんち》（自然数値）になり、$x(t)$ のように連続な実数値をとりませんが、計算可能なように実数値の関数で近似していることをお断りしておきます。

以上がウォーミングアップで、ここから疑似数理批判の本題に入ります。

まず二集団が戦争しているという状況を微分方程式で表現することを考えます。

今、時間 t における兵数（兵の数だけでなく、砲の数や軍艦の数も表すとします）がそれぞれ x(t)、y(t) で表される二つの軍が戦うとします。

またこれ以後、x(t) で表される軍をX軍、y(t) で表される軍をY軍と呼ぶことにします。

この戦いで相手からの攻撃で自己の兵力は徐々に減少していきます。そのとき各々の兵力の変化速度つまり減少速度は、相手方兵数が多いときは大きく、少ないときは小さいはずですから、相手方兵数に比例していると考えるのは自然です。

この状況は連立微分方程式

$$x'(t) = -ay(t)$$

$$y'(t) = -bx(t) \quad (a、b は正の比例定数)$$

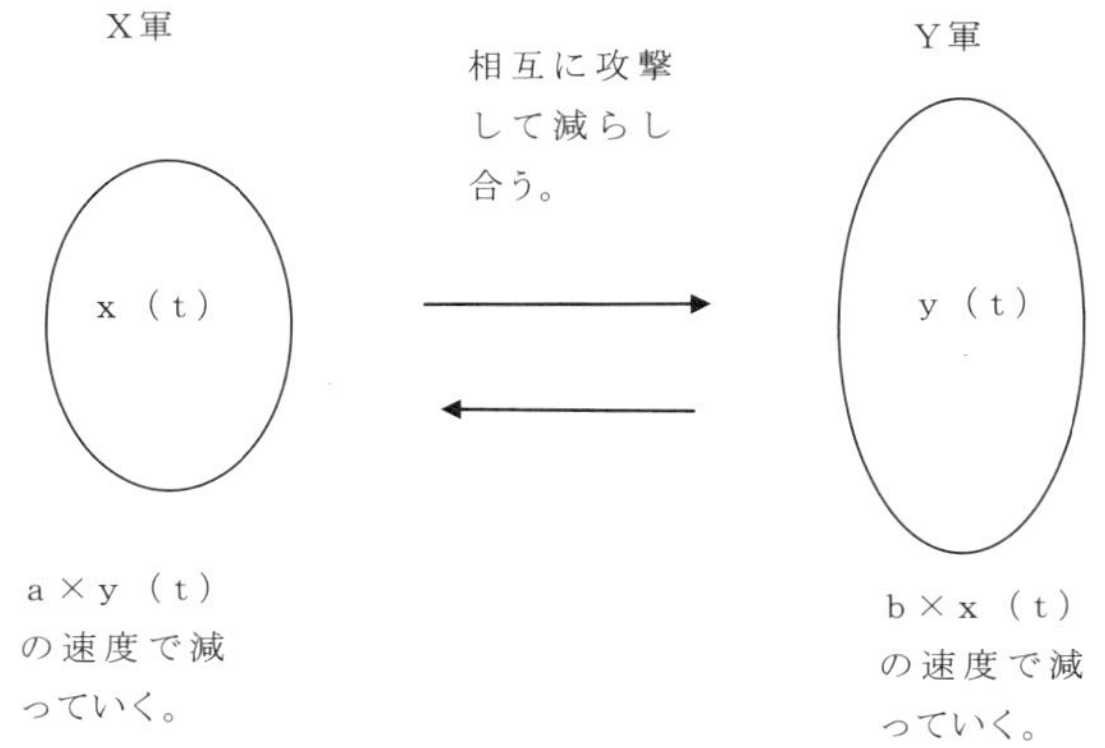
X軍
Y軍
相互に攻撃して減らし合う。
x（t）
y（t）
a×y（t）の速度で減っていく。
b×x（t）の速度で減っていく。

付図1

で表されます（付図1）。

これが前節で述べた野満やランチェスターが考えた微分方程式です。以下これを「戦争の微分方程式」と呼ぶことにしましょう。

ここでaが大きくなるとx(t)の減少速度は速くなり、bが大きくなるとy(t)の減少速度が速くなるので、aはY軍の、bはX軍の能力を表現しています（対応を逆に間違えないように注意してください）。

これらa、bで表される能力を、それぞれY軍、X軍の「兵能《へいのう》」と呼ぶことにします。

いっぽうx(t)、y(t)で表される数値を、それぞれX軍、Y軍の時間tにおける「兵数《へいすう》」と呼ぶことにします。

この戦闘の微分方程式はもちろん現実の戦闘の一つのモデルにすぎません。しかし意外に現実に合うことが実際の戦闘との対比から分かっています［23、第10話］。

四　戦争の微分方程式の基本補題

前節で設定した「戦争の微分方程式」の解は、大学の理工系一、二年で教えられる初等微分方程式論（二階定数係数線型斉次方程式《にかいていすうけいすうせんけいせいじほうていしき》の解の公式、ミクシンスキーの演算子法《えんざんしほう》、ラプラス変換など）だけで求められ、理工系の方にとっては難しくないと思われます。

しかし以下の議論では戦争の微分方程式の厳密な解を求める必要はなく、すでに断ったとおり、高校二年の微分の知識が少しあれば証明できる、次の「戦争の微分方程式の基本補題」だけで十分です。

そこでこの補題を証明し、それをもとに議論を進めることにしましょう。

戦争の微分方程式の基本補題

今　$a, b > 0$であり、$x(t)$と$y(t)$が微分方程式

$$x'(t) = -ay(t)$$

$$y'(t) = -bx(t)$$　（a、bは正の定数）

をみたすならば、

$$[x(t)]^2/a - [y(t)]^2/b = C$$　（tに無関係な定数）

である。

「戦争の微分方程式の基本補題」の証明

ここでは高校二年の数学教科書にある次の諸公式は認めてください。

① 定数倍の微分公式　$[kf(t)]' = kf'(t)$

② 差の微分公式　$[f(t) - g(t)]' = f'(t) - g'(t)$

③ 積の微分公式　$[f(t)\,g(t)]' = f'(t)\,g(t) + f(t)\,g'(t)$

これらの前提から「戦争の微分方程式の基本補題」は簡単に証明できます。
まず③の「積の微分公式」から次の公式が得られます。

④ $\{[f(t)]^2\}' = 2f(t)\,f'(t)$

なぜなら③のg(t)をf(t)とすれば

$$\{[f(t)]^2\}' = [f(t)\,f(t)]' = f'(t)\,f(t) + f(t)\,f'(t) = 2f(t)\,f'(t)$$

となるからです。

　さて $x(t)$、$y(t)$が戦争の微分方程式の解のとき

$$[x(t)]^2/a - [y(t)]^2/b = C$$ （tに無関係な定数）

をいうためには、前節で見た「$x'(t) = 0$ ならば $x(t) = C$」という事実より

$$\{[x(t)]^2/a - [y(t)]^2/b\}' = 0$$

がいえれば良いことになります。

　ところがこのことは、①と②と④により

$$\{[x(t)]^2/a - [y(t)]^2/b\}' = \{[x(t)]^2\}'/a - \{[y(t)]^2\}'/b$$
$$= 2x(t)\,x'(t)/a - 2y(t)\,y'(t)/b$$

となり、ここでの最後の式の $x'(t)$、$y'(t)$に戦争の微分方程式

$$x'(t) = -ay(t)$$

$$y'(t) = -bx(t)$$

より、それぞれ $-ay(t)$, $-bx(t)$ を代入すれば、

$$2x(t)\,x'(t)/a - 2y(t)\,y'(t)/b = 2x(t)\,[-ay(t)]/a - 2y(t)\,[-bx(t)]/b$$

$$= -2x(t)\,y(t) + 2x(t)\,y(t) = 0$$

となるので、成立しています。こうして「戦争の微分方程式の基本補題」が得られました。

五　トラファルガー沖海戦でのネルソンタッチ

前節の基本補題からさまざまな結果が得られます。

例えば、ランチェスターによるトラファルガー沖海戦の解析が佐藤總夫氏の著書[23]に紹介されているので、まずそのことを解説しましょう。

本節ではトラファルガー沖海戦と、そこで使われた戦術「ネルソンタッチ」について説明します。トラファルガー沖海戦とは、一八〇五年一〇月二一日にジブラルタル海峡の北岸トラファルガー岬の沖で、イギリスとフランスの艦隊が戦った海戦です。

この海戦でイギリス艦隊を率いたのは有名なネルソン提督（一七五八〜一八〇五）で、この戦いで戦死しました。しかしイギリス艦隊はフランス艦隊を殲滅し、ナポレオンのイギリス侵攻を（フランスが英仏海峡の制海権をとれなくなったということで）事実上不可能にしています。

本書本文で紹介した（第3、32節）トルストイの『戦争と平和』は、アウステルリッツの戦いで幕を開けます。トラファルガー沖海戦はそのアウステルリッツの戦いのほぼ一月前に行われました。フランスの威信はトラファルガー沖海戦の敗戦により損なわれたので、ナポレオンはどこかでそれを埋め合わせる陸戦での大勝利を求めていました。『戦争と平和』には書かれていないことですが、トラファルガー沖海戦がアウステルリッツの戦いを引き起こしたともいえるでしょう。

このトラファルガー沖海戦は世界史上に有名で、先に（第一節）ふれた「連合艦隊解散の辞」でも言及されています。またこの海戦の勝利を記念して命名されたトラファルガー広場がロンドンにあることはご存じの方も多いと思います（私も二〇〇六年に同地を訪ねました）。

ところで大英帝国の対ナポレオン戦略に関連して、ネルソンはフランス艦隊に勝つだけではなく、それを殲滅することが期待されていました。ちょうど東郷平八郎が日露戦争を講和に持ち込むため、バルチック艦隊に単に勝つだけではなく、「完勝」が期待されていたことと状況は似ていました。

そこでネルソンが考えたのが「ネルソンタッチ」（ネルソン流の手際）と呼ばれることになった、戦闘を二段階に分けて行う戦術でした。

この戦術によれば、イギリス艦隊はまず、そのほぼ全力を挙げてフランス艦隊の半分を攻撃します。このときイギリスの遊撃部隊は、フランス艦隊の残り半分がこの戦闘に参加しないように攪乱《かくらん》工作を行います。ここまでが戦争の第一段階となります。

そして第一段階でフランス艦隊の半分を殲滅した後に、第一段階を終えたイギリス艦隊の全力でフランス艦隊の残り半分を攻撃します。これが戦闘の第二段階です。

実際の海戦もほぼそのように行われたようですが、そこに一つ理論的な疑問が浮かび上がってきます。

トラファルガー沖海戦に参加したイギリス艦隊とフランス艦隊の主力船の数はイギリス二七隻、フランス三三隻でした。その数的劣勢を克服して完勝をおさめるために考え出されたのがネルソンタッチですが、船の数の差がもっと開けば、いつかはネルソンタッチの実行が不可能になるはずです。

そこでなぜ三三隻のフランス艦隊に対し、二七隻のイギリス艦隊でネルソンタッチが可能だったかという疑問が自然に浮かび上がってくるのです。

この疑問にランチェスターは次節、次々節のように鮮やかな説明を与えました。

六　同兵能での残存兵数法則

まずランチェスターは「戦争の微分方程式の基本補題」から、次の「同兵能での残存兵数法則」を導出しました。

同兵能での残存兵数法則

今、$a > 0$, $x_0 > y_0 > 0$であり、$x(t)$と$y(t)$が

$$x'(t) = -ay(t), \quad x(0) = x_0$$
$$y'(t) = -ax(t), \quad y(0) = y_0$$

をみたすならば、ある$T > 0$において

$$x(T) > 0, \quad y(T) = 0, \quad x(T) = \{[x_0]^2 - [y_0]^2\}^{1/2}$$

となる。

「同兵能での残存兵数法則」の証明

さて戦争の微分方程式の基本補題で$a=b$とすると

$$[x(t)]^2-[y(t)]^2=aC$$

が得られ、$[x(t)]^2-[y(t)]^2$は戦闘の全時間を通して一定であることが分かります。

さて$t=0$以後$x(t)$も$y(t)$も減少していきますが、x_0がy_0より大きかったので、$y(t)$が先に0となります。

その$y(t)$が0になったときの時間をTとします。

このとき$y(T)=0$より、

$$[x(T)]^2=[x(T)]^2-[y(T)]^2=[x(0)]^2-[y(0)]^2=[x_0]^2-[y_0]^2$$

となるので、両辺の平方根をとって

$$x(T)=\{[x_0]^2-[y_0]^2\}^{1/2}$$

となります。こうして「同兵能での残存兵数法則」が得られました。

ここで上記「同兵能での残存兵数法則」の意味を確認しておきます。「同兵能での残存兵数法則」中の微分方程式は、戦争の微分方程式の一般形で$b = a$としたものであり、X軍とY軍の兵能が等しいことを意味します。

また$T > 0$で$x(T) > 0$, $y(T) = 0$ということは、その時間でY軍が全滅しX軍が残存したこと、すなわちX軍が勝利したことを意味します。

ここで$x(T)$はこの戦闘におけるX軍の残存兵数を意味し、「同兵能の残存兵数法則」は勝者の残存兵数を、両軍の最初の兵数から計算する式を与えているのです。

七　ランチェスターによるトラファルガー沖海戦の解析

そしてランチェスターは前々節末の疑問に対し、前節の「同兵能での残存兵数法則」を用いて次のように答えました。

まずイギリス艦隊とフランス艦隊の各船の戦闘能力にはかなりの差があったようですが[28]、ここでは便宜上《べんぎじょう》それらが等しかったとします。

このときイギリス艦隊をX軍、フランス艦隊をY軍とすれば、X軍とY軍の戦闘に対し「同兵能での残存兵数法則」が適用できます。

そこでトラファルガー沖海戦におけるイギリス艦隊の船数をα（現実には27）、フランス艦隊の船数をβ（現実には33）とします。

ネルソンタッチが行われたとすれば、第一段階の戦闘は、αと$\beta/2$で行われます（付図2上半部）。

ここで $\alpha > \beta / 2$ とすれば、イギリス艦隊はフランス艦隊を殲滅し、そのときのイギリス艦隊の残存兵数は、「同兵能での残存兵数法則」で $x_0 = \alpha$, $y_0 = \beta / 2$ として得られる

$$\{[x_0]^2 - [y_0]^2\}^{1/2} = [\alpha^2 - (\beta / 2)^2]^{1/2} = [\alpha^2 - \beta^2 / 4]^{1/2}$$

であることが分かります。

次に第二段階の戦闘は、右で求めたイギリス艦隊の残存兵数$[\alpha^2 - \beta^2 / 4]^{1/2}$と、フランス艦隊の残り半分$\beta/2$で行われます（付図2下半部）。

この第二段階におけるイギリス艦隊の残存兵力は、「同兵能の残存兵数法則」で

$$x_0 = [\alpha^2 - \beta^2/4]^{1/2}, \quad y_0 = \beta/2$$

として計算すると

$$\{[x_0]^2 - [y_0]^2\}^{1/2} = \{\{[\alpha^2 - \beta^2/4]^{1/2}\}^2 - (\beta/2)^2\}^{1/2}$$

$$= \{\alpha^2 - \beta^2/4 - \beta^2/4\}^{1/2} = \{\alpha^2 - \beta^2/2\}^{1/2}$$

となります。

こうしてネルソンタッチが実行できるためには、上記の残存兵力が正の数として求まること、つまり $\alpha^2 - \beta^2/2 > 0$, 移項して $\alpha^2 > \beta^2/2$, さらに平方根をとって

$$\alpha > \beta/\sqrt{2}$$

という不等式の成立が条件であることが分かります。

よく知られているように $\sqrt{2} = 1.414$……なので、$\beta = 33$

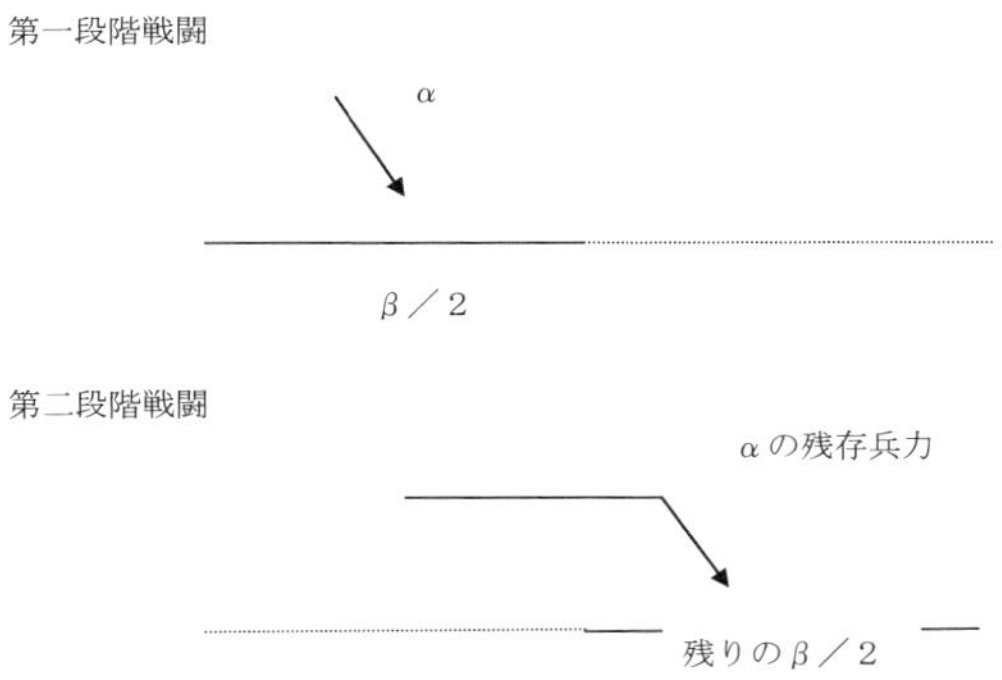

付図2

とすると

$$\alpha > \beta / \sqrt{2} = 23.334\cdots\cdots$$

となり、したがってイギリス艦隊がネルソンタッチを実行できる最低の船数は二四隻ということになります。

実際には $\alpha = 27$ だったので、イギリス艦隊は余裕をもってネルソンタッチを実行できたというのがランチェスターの結論でした。

八　兵数の兵能に対する二乗法則

最後に「百発百中の砲一門は百発一中の砲百門に匹敵しない」ことを証明します。

まず本節では「兵数の兵能に対する二乗法則」を「戦争の微分方程式の基本補題」から証明しておきます。

今、時間 t での兵数がそれぞれ x(t) と y(t) で表されるX軍とY軍が「互角の戦い」をするとは、同時に全滅すること、すなわち

ある $T > 0$ において $x(T) = y(T) = 0$

であることとします。このとき次の「兵数の兵能に対する二乗法則」が成立します。

兵数の兵能に対する二乗法則

今、a、b、x_0、y_0は正の定数とし、x(t)とy(t)が

$$x'(t) = -ay(t),\ x(0) = x_0$$
$$y'(t) = -bx(t),\ y(0) = y_0$$

をみたすとき、X軍とY軍が「互角の戦い」をする条件は

$$[x_0]^2 / [y_0]^2 = a / b$$

である。

「兵数の兵能に対する二乗法則」の証明

戦争の微分方程式の基本補題により、任意の時間 t に対して

$[x(t)]^2 / a - [y(t)]^2 / b = C$ （t に無関係な定数）

が成立します。

ここで「互角の戦い」がなされるとすれば、ここでのCが0になることが分かります。なぜなら「互角の戦い」がなされるとは、

ある $T > 0$ において $x(T) = y(T) = 0$

となることですが、この $t = T$ でも

$[x(T)]^2 / a - [y(T)]^2 / b = C$

が成立するからです。このとき右辺の定数Cは $x(T)=y(T)=0$ より0になることにご注意ください。

したがって任意のtに対して

$$[x(t)]^2/a-[y(t)]^2/b=0$$

が得られるので、この式に $t=0$ を代入して

$$[x(0)]^2/a-[y(0)]^2/b=0$$

が得られ、これを移項して

$$[x(0)]^2/a=[y(0)]^2/b$$

が得られ、さらに変形して

$$[x(0)]^2/[y(0)]^2=a/b$$

が得られます。

この式に $x(0)=x_0$, $y(0)=y_0$ を代入して

$$[x_0]^2/[y_0]^2=[x(0)]^2/[y(0)]^2=a/b$$

が得られます。こうして「兵数の兵能に対する二乗法則」が得られました。

九　百発百中の大砲一門は百発一中の大砲百門に匹敵しない

前節の「兵数の兵能に対する二乗法則」から「百発百中の砲一門は百発一中の砲百門に匹敵しない」ことは簡単に分かります。

今、時間 t における百発百中の砲の数を x(t)、百発一中の砲の数を y(t) とし、

$$x(0)=x_0,\quad y(0)=y_0$$

とします。

戦争の微分方程式

$$x'(t) = -ay(t)$$
$$y'(t) = -bx(t)$$
（a、bは正の比例定数）

において、aはy(t)側すなわち百発一中の砲の能力、bはx(t)すなわち百発百中の砲の能力を表すので、

$$a : b = 1/100 : 1 = 1 : 100 \quad したがって \quad b = 100a$$

とおけます。

「百発百中の砲一門が百発一中の砲百門に匹敵する」という命題の「匹敵」を、「百発百中の砲」と「百発一中の砲」が「互角の戦い」をすると解釈するのは自然です。

するとで「兵数の兵能に対する二乗法則」から

$$[x_0]^2 / [y_0]^2 = a/b = 1/100$$

が「匹敵」の条件ということが分かります。ここから

$$[x_0]^2 = [y_0]^2 / 100,\text{　つまり　} x_0 = y_0 / 10$$

が得られます。

ここで x_0、y_0はそれぞれ百発百中、百発一中の砲の最初の数なので、百発百中の砲が一門ということは $x_0 = 1$ ということです。このとき百発一中の砲がそれに匹敵する条件は、上に得られた等式より $y_0 = 10$ ということになります。

つまり「百発百中の砲一門が百発一中の百門に匹敵する」という命題は間違いで、「百発百中の砲一門」は「百発一中の砲十門」にしか匹敵しないのでした。

第二章　疑似数理の影響

十　「兵数の兵能に対する二乗法則」の意味

前章の数学的批判を踏まえ、本章では疑似数理の歴史への影響を見てみます。

まず、「百発百中の砲一門が百発一中の百門に匹敵する」という疑似数理の背後に隠された真実の数理、「兵数の兵能に対する二乗法則」の意味をより深く掘り下げて見てみましょう。

それは兵能の比を補うために兵数をその比まで増やす必要はなく、その比の平方根まで増やせば済むということを意味します。

例えば前節で確認したように、兵能の比が百対一でもそれに対抗するために兵数を百倍する必要はなく、十倍するだけで済むということです。

逆に兵数の比を補うためには兵能をその比まで増やすだけでは済まず、兵能をその比の二乗まで増やす必要があります。

例えば前節の例でいえば、一対十の兵数の比を補うためには兵能を十倍するだけでは済まず、百倍しなければならないということです。

これから分かることは、

① 兵数は人間の感覚を超えて重要であり、兵能でそれを補うことは困難である。

② だから攻撃する場合は、自分の兵数を集中し敵の兵数を分散させるべきである。

③ また劣勢の場合は、敵軍との単純な消耗戦を避け、自軍の兵数を保持する戦術をとるべきである。

ということです。

例えば「ネルソンタッチ」が②を実践していることにご注意ください。

また③は、勢力が劣る側は単純な衝突を避け、ゲリラ的な戦略をとるべきことをいっています。

こうして見るとここでの②と③は、古今東西の軍事的天才が本能的に実践してきたことに他ならないものだったことが分かります。

十一　疑似数理が増幅した日本軍における兵の生命の軽視

さて「百発百中の砲一門は百発一中の砲百門に匹敵する」という疑似数理が、日露戦争以後いかに「日本の常識」と化していたかは、第二節で引用した井上成美の伝記［1、6］や、数学者・一松信氏のコメントを見ていただければ分かることです。

ところで戦闘に関して現実に成立している数理は「兵数の兵能に対する二乗法則」です。

前節で確認したとおり、それは兵数の不足を能力によって補うことの困難さを意味します。たとえ無能でも兵器の数や兵士の数は、感覚される以上の価値を持っているのです。

真実に反した原理はそれを固執するものに何らかの破綻をもたらすはずです。

それでは疑似数理はそれを疑わなかった日本に何をもたらしたでしょうか。

それは、海軍の「月月火水木金金《げつげつかすいもくきんきん》」という標語（休息をとらないこと、私はこれに対抗して「日日土日日《にちにちどにちにち》土日《どにち》」という標語を創りました）に凝縮された、兵数の不足を鍛錬で補うという精神主義と、それにともなう兵数の価値の軽視、露骨にいえば兵の生命の軽視だったと私には思われます。

日露戦争時点でも日本軍が兵の生命を軽視したことは、旅順攻防戦における軍事的意味に乏《とぼ》しい白《はく》兵突撃《へいとつげき》に現れています。

だから「百発百中の砲一門は百発一中の砲百門に匹敵する」という疑似数理によって、兵の生命の軽視の風潮が日本軍の中に無から突然現れたというわけではありません。

しかし疑似数理の思想は、すでに日本軍にあった兵の生命軽視にお墨付きを与え、よりいっそうそれを増幅《ぞうふく》したとはいえるでしょう。

十二　「兵の生命の軽視」が行き着いた「特攻」

こうした「兵の生命の軽視」の風潮は結局どこに行き着いたのでしょうか。

日露戦争後、日本は植民地にした朝鮮の諸矛盾を解決するために満州に手を伸ばさねばならなくなり[44]、その結果、中国との全面戦争さらには英米との戦争に突入しなければならないはめに陥りました。アジア・太平洋戦争（一九三一～四五）です。

藤原彰氏はその著『餓死した英霊たち』[60]で、太平洋戦争（一九四一～四五）における日本軍人の死者二三〇万人の過半数が戦闘行為による死者ではなく、食糧補給を考えない非合理な軍事計画による餓死者だということを示しました。

またアジア・太平洋戦争で日本の敗色が濃厚になったとき、日本軍が採用したのは前々節③で述べたとおり劣勢の側がやってはいけない、戦力を単調に消耗させる「特攻」でした。

小沢郁郎《おざわいくろう》氏はその名著『つらい真実　虚構の特攻隊神話』で、

美濃部正氏は、正論硬骨の人であった。大西（半沢注、「特攻の父」大西滝治郎）の部下でありながら、体当たりを拒否しぬいた。一回で人機ともに消滅することの戦術的誤り、士気の低下を指摘、少数劣勢の日本空軍は夜間出撃すべきだ、との主張を貫いた。いわば空のゲリラ戦である。大西も黙認した。［15、一〇八頁］

と記しています。この美濃部の主張こそ前々節③に対応した合理性を持つものでした。

こうした日本の「特攻」の非合理性は、イギリス空軍のナチスドイツによる空爆との戦い、いわゆる「Battle of Britain」（一九四〇年七〜一〇月）と対比するとき、いっそうはっきりします。劣勢のイギリスが勝利した理由の一つは、消耗戦に耐え抜くための操縦士救命のシステム化にあったからです［12］。そして『つらい真実　虚構の特攻隊神話』には次のように、多くの軍人が「特攻」の非合理性に対して残した、血を吐くような言葉が集められています。

①　零戦《ぜろせん》撃墜王・岩本徹三

（体当り）戦法が全軍に伝わると、わが軍の士気は目に見えて衰えてきた……表むきは、みな、つくったような元気を装っているが、かげでは泣いている……上層部のやぶれかぶれの最後のあ

がきとしか思えなかった……〔15、四四頁〕

② 桜花《おうか》特攻隊長・野中五郎

攻撃機として敵に到達することが出来ないことが明瞭な戦法を肯定することはいやだ。クソの役にも立たない自殺行為に部下を道づれにしたくない……〔同、四八頁〕

③ 銀河飛行隊長・鈴木瞭五郎

たとえこの戦法に成功しても、この決定的消耗戦法のあとを誰が引き受けるのだろうか……将来性のない暗い戦術……〔同、一〇六頁〕

もちろん私は「百発百中の砲一門は百発一中の砲百門に匹敵する」という疑似数理の受容、すなわち「兵数の兵能に対する二乗法則」という真実の数理の否定が、アジア・太平洋戦争末期に「特攻」が採用された直接の理由だと言っているわけではありません。

しかし疑似数理が「特攻」と論理的につながっており、前者が後者に間接的ながら責任があることを、（それをするのは私が初めての人間だと思うのですが）指摘しないわけにはいかないのです。

第三章　疑似数理と『坂の上の雲』

十三　『坂の上の雲』の疑似数理認識

最後に疑似数理と『坂の上の雲』の関連を注意して終わりたいと思います。「連合艦隊解散の辞」とそこでの疑似数理は、『坂の上の雲』でもその終結まじかな部分に次のように記されています。

戦時編成である「連合艦隊」が解散したのは十二月二十日で（半沢注、一九〇五年）、その解散式は翌日旗艦においておこなわれた。旗艦はこの時期、敷島《しきしま》から朝日になっていた。朝日のまわりには汽艇が密集し、各司令長官、司令官、艦長、司令などがつぎつぎに来艦してきた。やがて解散式がはじまり、東郷は、

「告別の辞」

と、ひくい声で言い、有名な「連合艦隊解散ノ辞」を読み始めたのである。

長文であるため引用をひかえるが、この文章のなかでのちのちまで日本の軍人思想に影響したものをあげると、

「……百発百中の一砲、能《よ》く百発一中の敵砲百門に対抗し得るを覚《さと》らば、我等軍人は主として武力を形而上《けいじじょう》に求めざるべからず。……惟《おも》ふに武人の一生は連綿不断の戦争にして、時の平戦に由り其《そ》の責務に軽重あるの理なし、事有れば武力を発揮し、事無ければこれを修養し、終始一貫その本分を尽くさんのみ。過去の一年有半、かの風濤《ふうとう》と戦ひ、寒暑に抗し、屡々頑敵《しばしばがんてき》と対して生死の間に出入せしこと、もとより容易の業《わざ》ならざりしも、観ずればこれまた長期の一大演習にして、これに参加し幾多啓発《いくたけいはつ》するを得たる武人の幸福、比するにものなし」

以下、東西の戦史の例をひき、最後は以下の一句でむすんでいる。

「神明《しんめい》はただ平素の鍛錬に力め《つと》戦はずしてすでに勝てる者に勝利の栄冠を授くると同時に、一勝に満足して治平に安《やすん》ずる者よりただちにこれをうばふ。古人曰《こじんいわ》く勝つて兜《かぶと》の緒を締めよ、と」

［25、第六巻、四四三頁、一部ルビ半沢］

司馬氏は「長文であるため」として「連合艦隊解散の辞」の神功皇后神話を引用していませんが、こ

れはいささかアンフェアな態度のように思われます。なぜならそれは『坂の上の雲』の他のところで述べている、

日露戦争後に日本におこった神秘主義的国家観……〔25、第五巻、一二三頁〕

という司馬氏のコメントに矛盾し、東郷も秋山真之も日露戦争中からどっぷりと「神秘主義的国家観」のなかにあったことを示しているからです。

しかしここではこれ以上この問題にはふれないことにします。

ここで問題にするのは司馬氏の疑似数理に対する姿勢です。

上記引用でお分かりのように司馬氏はそれにまったく疑問を示していません。

さらに司馬氏は『坂の上の雲』の日本海海戦の段で次のように書いています。

日本艦隊の射撃能力は、ロシア軍のそれのゆうに三倍以上であることを知った。日本側は備えつけの砲の数だけをもっているのではなかった。その能力によってその三倍の砲門をもっているにひとしかった。〔25、第六巻、三一六頁〕

ここに司馬氏の書いていることは「百発百中の砲一門は百発一中の砲百門に匹敵する」と同じ「兵数の比は兵能の比でおぎなえる」という考えで、語呂合わせの疑似数理です。

実際には「三倍の射撃能力」は「兵数の兵能に対する二乗法則」により、√3倍、すなわち一・七三二……倍の砲の数」にしか等しくありません。

あるいはここでの言明は司馬氏が自分で考えたことではなく、「連合艦隊解散の辞」の受け売りかもしれません。

いずれにせよ『坂の上の雲』で司馬遼太郎氏は、疑似数理にまったく無批判のまま、それを積極的に受容しているのです。

十四　日本海海戦での敵前大回頭

もっとも秋山真之や東郷平八郎が、実際の戦闘において疑似数理にしたがっていたわけではありません。

実際の戦闘は、幻想を許さない即物的なもので合理性を欠いた行動を許さないはずですから、それは当然のことです。

そのことは日本海海戦（一九〇五）で東郷艦隊が行った「敵前大回頭《てきぜんだいかいとう》」に現れています。

「敵前大回頭」とはバルチック艦隊に接近した東郷艦隊が、敵艦隊の眼前で艦隊の方向をバルチック艦隊の先頭をさえぎるように転回した戦術のことで、先に説明したトラファルガー沖海戦での「ネルソンタッチ」と並んで、世界海戦史上有名なものです。

この「敵前大回頭」について『坂の上の雲』は次のように記しています。

目標は、敵の旗艦スワロフであった。

つづく敷島が回頭をおえて直進路に入ると、三笠同様に右舷射撃をおこなった。富士も同様であり、朝日、春日そして殿艦の日進もそのようにした。さらに出雲以下の第二戦隊がそれを終了したときには、東郷の全主力は、各艦の片舷の諸砲あわせて百二十七門の主、副砲が、バルチック艦隊の先頭をゆく旗艦スワロフとオスラービアをめがけて砲弾を集中させていたことになる。この意味ではこの戦術は数学的合理性のきわめて高いものであるといえた。

……

東郷は真之の樹《た》てた戦術原則のとおりに艦隊を運用した。秋山戦術を水軍の原則にもどすと、

「まず、敵の将船を破る。わが全力をもって敵の分力を撃つ。つねに敵をつつむがごとくに運動する」

というものであった。［25、第六巻、三〇四頁］

この「敵前大回頭」の根本思想「わが全力をもって敵の分力を撃つ」が「ネルソンタッチ」同様に「自分の兵数を集中し敵の兵数を分散させること」(第十節②)に合致したものであることにご注意ください。司馬氏がそれを「数学的合理性のきわめて高いもの」としているのは正しいと私は思います。

しかし問題は秋山も東郷も、そして司馬氏も、「敵前大回頭」の「数学的合理性」の理由を掘り下げることなく、語呂合わせの疑似数理で思考を停止したことにあるのです。

十五　『坂の上の雲』のスケープゴートとしての乃木希典

さて本書本文では、『坂の上の雲』の本質的な問題はその日露戦争の性格づけにあり戦争記事にはないとの考えから、戦争記事に断片的にふれることはあっても、それ自体を問題とすることはしませんでした。

『坂の上の雲』の戦争記事の正確さを論じた書物は、その議論の当否はともかく多数出版されており[18、49、59、63]、そのような関心を持たれる方が文献に不自由することはないと思ったからでもあります。

しかし前章で疑似数理がもたらした日本軍における兵の生命の軽視について述べ、また本章で疑似数理と『坂の上の雲』の関連を考える以上、『坂の上の雲』の旅順攻防戦記述の問題についてふれないわけにはいきません。

よく知られていることですが、『坂の上の雲』の戦争記述の一大特色として、旅順攻防戦における膨大な損害（死傷者六万弱、うち戦死一万五千強）の責任を、すべて司令官・乃木希典《のぎまれすけ》と参謀長・伊地知《いじち》幸介《こうすけ》の無能に負わせていることが挙げられます。

例えば次のような記述があります。

旅順における要塞《ようさい》との死闘は、なおもつづいている。九月十九日、乃木《のぎ》軍の全力をあげておこなわれた第二回総攻撃につづき、十月二十六日にも総攻撃をくりかえしたが、いずれも惨憺《さんたん》たる失敗におわった。作戦当初からの死傷すでに二万数千人という驚異的な数字にのぼっている。もはや戦争というものではなかった。災害といっていいであろう。

「攻撃の主目標を、二百三高地に限定してほしい」

という海軍の要請は、哀願といえるほどの調子にかわっている。二百三高地さえおとせばいい、そこなら旅順港を見おろすことができるのである。大本営（陸軍部）参謀本部もこれを十分了承していた。参謀総長の山県有朋《やまがたありとも》も、よくわかっていた。

ただ現地軍である乃木軍司令部だけが、

「その必要なし」

と、あくまでも兵隊を要害正面にならばせ、正面からひた押しに攻撃してゆく方法に　固執し、その結果、同国民を無意味に死地へ追いやりつづけている。無能者が権力の座についていることの災害が、古来これほど大きかったことはないであろう。［25、第四巻、七〜八頁］

ひどい言われようですが、乃木も伊地知も日本陸軍から任命され旅順戦の指揮をとっているのですから、その拙戦を彼らだけの責任にして良いのかという疑問が当然ながら浮かびます。

実際、乃木軍の情報不足と日本の予想をはるかに超えた要塞の堅固さから、苦戦はしかたがなかったとされる歴史学者もおられます［70］。

私も乃木と伊地知をたしかに無能だったとは思うので、『坂の上の雲』の旅順攻防戦記述を全否定するつもりはありません。

しかしすべてを乃木と伊地知の無能に負わせる『坂の上の雲』の記述はたしかにおかしいとは思っています。なぜならそこには日本陸軍首脳の責任と、当時の日本陸軍総体における兵の生命を軽視する風潮に対する視点が欠けているからです。

そして私は、『坂の上の雲』が旅順攻防戦の責任を乃木と伊地知の無能に押しつけていることには、日露戦争までの日本は合理的で明るかったという『坂の上の雲』の前提（本文第6、34節）を護るための必然性があることを指摘しておきたいと思います。

旅順攻防戦における日本軍の意味に乏しい膨大な死傷が、当時の陸軍全体の責任だとすれば、日露戦争時点での日本軍が合理的でも明るくもなかったということになるからです。

そうだとすれば乃木希典は、『坂の上の雲』の物語を護るためのスケープゴート（真実の問題を隠すため犠牲に立てられる山羊）だったことになります。

十六　疑似数理と『坂の上の雲』との関連

以上のことを踏まえて疑似数理と『坂の上の雲』の関連をまとめれば、以下のようなことになるでしょう。

①『坂の上の雲』は疑似数理に無批判だけでなくそれを積極的に受け入れており、「日露戦争時点からの日本軍の非合理性」にまったく無感覚である。

②疑似数理は「日露戦争時点からの日本軍における兵の生命の軽視」を増幅したが、『坂の上の雲』もまた、乃木希典をスケープゴートにすることでそれを隠蔽している。

つまり疑似数理と『坂の上の雲』には、日露戦争の非合理性や非人道性を覆い隠す点で、相通じるものがあります。

ですから『坂の上の雲』批判の本書本文と疑似数理批判の本付録にもまた、相通じるものがあります。それらはともに、日露戦争までの日本が合理的で明るかったということの幻想性を語っているからです。

ところで本付録の疑似数理批判における「兵の生命の軽視」は、日本、つまり帝国主義内部の非人道性のみを問題にしたものです。

そこで誤解のないように断っておきますが、もちろん私は帝国主義や戦争は合理的に行われればそれで良いと思っているわけではありません。帝国主義の尖兵《せんぺい》として死んだのであれ、人間の非業の死は深く悼《いた》まれねばならないと思うだけです。

ただし本付録の疑似数理批判は、そのまま帝国主義批判につながらないことも事実です。

けれども一方では本付録の疑似数理批判は、倫理的・政治的立場とは無関係な数理的合理性によって「日露戦争時点からの日本軍の非合理性」を確認しているという「強み」があります。ある人々にとって本付録は、本書本文とは別の説得力を持つと思われるのです。

私は、読者がもし本付録に説得力を感じられるようなら、それを入り口として本書本文を再検討し、日本の過去の帝国主義に対する批判に進まれることも期待しているのです。

参照文献

［1］阿川弘之『井上成美』新潮社、一九九四
［2］アマルティア・セン著、細見和志訳『アイデンティティに先行する理性』関西学院大学出版会、二〇〇三
［3］Amartya Sen, *Identity and Violence The Illusion of Destiny*, Penguin, 2006
［4］家永三郎『戦争責任』岩波書店、一九八五
［5］井上清『日本帝国主義の形成』岩波モダンクラシックス、二〇〇一
［6］井上成美伝記刊行会『井上成美』一九八二
［7］井上哲次郎、上田萬年監修、常磐大定校訂『聖徳太子集』春陽堂、一九三五
［8］井上晴樹『旅順虐殺事件』筑摩書房、一九九五
［9］海野福寿『韓国併合』岩波新書、一九九五
［10］海野福寿『韓国併合史の研究』岩波書店、二〇〇〇
［11］海野福寿『伊藤博文と韓国併合』青木書店、二〇〇四
［12］『英独航空決戦』第二次大戦欧州戦史シリーズvol.3、学研、二〇〇八
［13］E・W・サイード著、大橋洋一訳『文化と帝国主義』(全二巻) みすず書房、二〇〇一
［14］F・A・マッケンジー著、渡部学訳注『朝鮮の悲劇』平凡社東洋文庫、一九七二
［15］小沢郁郎『つらい真実 虚構の特攻隊神話』同成社、一九八三

[16] 笠原十九司『南京事件』岩波新書、一九九七
[17] 笠原十九司『南京事件論争史』平凡社新書、二〇〇七
[18] 菊田愼典『坂の上の雲の真実』光人社、二〇〇四
[19] 金文子『朝鮮王妃殺害と日本人』高文研、二〇〇九
[20] 北島万次『秀吉の朝鮮侵略』山川出版社、二〇〇二
[21] 小林勇『蝸牛庵訪問記』講談社文芸文庫、一九九一
[22] 小林慶二著、福井理文写真『観光コースでない韓国』高文研、一九九四
[23] 佐藤總夫『自然の数理と社会の数理I』日本評論社、一九八四
[24] 柴五郎・服部宇之吉著、大山梓編『北京籠城 北京籠城日記』平凡社・東洋文庫、一九六五
[25] 司馬遼太郎『坂の上の雲』新装版（全六巻）文藝春秋、二〇〇四
[26] 司馬遼太郎『「昭和」という国家』NHK出版、一九九八
[27] ジャワーハルラール・ネルー著、大山聰訳『父が子に語る世界歴史』(全八巻) みすず書房、二〇〇二
[28] ジョン・テレン著、石島晴夫訳編『トラファルガル海戦』原書房、一九七六
[29] 太平洋戦争研究会編『写説『坂の上の雲』を行く』ビジネス社、二〇〇五
[30] 高嶋伸欣『ウソとホントの戦争論』学習の友社、一九九九
[31] 田中彰『明治維新と西洋文明―岩倉使節団は何を見たか―』岩波新書、二〇〇三
[32] 田村光彰『ナチス・ドイツの強制労働と戦後処理』社会評論社、二〇〇六
[33] 俵義文『〈つくる会〉分裂と歴史偽造の深層』花伝社、二〇〇八
[34] 陳舜臣『江は流れず―小説日清戦争』集英社陳舜臣中国ライブラリー、二〇〇一
[35] 角田房子『閔妃暗殺』新潮社、一九八八

[36] 鶴園裕『韓国　カササギとトラの国で』三修社、一九九九
[37] デイヴィッド・バーサミアン＝インタビュー、大橋洋一・河野真太郎・大貫隆史訳『帝国との対決　イクバール・アフマド発言集』太田出版、二〇〇三
[38] ティル・バスティアン著、石田勇治・星乃治彦・芝野由和編著『アウシュヴィッツとアウシュヴィッツの嘘』白水社、一九九五
[39] トルストイ著、中村白葉訳『セヴァストーポリ』岩波文庫、一九五四
[40] トルストイ著、藤沼貴訳『戦争と平和』(全六巻) 岩波文庫、二〇〇六
[41] 中島誠文、清重伸之イラスト『司馬遼太郎と「坂の上の雲」』現代書館、二〇〇二
[42] 中塚明『歴史の偽造をただす』高文研、一九九七
[43] 中塚明『これだけは知っておきたい　日本と韓国・朝鮮の歴史』高文研、二〇〇二
[44] 中塚明『現代日本の歴史認識』高文研、二〇〇七
[45] 中塚明「ＮＨＫドラマ『坂の上の雲』を問う」、『前衛』二〇〇九年六月号
[46] 中村元『聖徳太子』春秋社、一九九八
[47] 中村政則『近現代史をどう見るか―司馬史観を問う』岩波ブックレット一九九七
[48] 日中韓三国共通歴史教材委員会『未来をひらく歴史　東アジア三国の近現代史　第二版』高文研、二〇〇六
[49] 野村實『日本海海戦の真実』講談社現代新書、一九九九
[50] 羽仁五郎『青春の証言』幸洋出版、一九八三
[51] 帚木蓬生『三たびの海峡』新潮社、一九九二
[52] 原田敬一『日清・日露戦争』岩波新書、二〇〇七
[53] 半沢英一「聖徳太子法皇倭王論」、横田健一編『日本書紀研究　第二十四冊』塙書房所収、二〇〇二

[54] 半沢英一「神功皇后「三韓征伐」神話と朝鮮の植民地化」、季刊『古代史の海』第四一号所収、二〇〇五
[55] ピエール・ブリアン著、小川英雄監修『ペルシア帝国』創元社、一九九六
[56] 一松信『微分方程式を中心とした微分積分学』掌華房、一九七一
[57] 一松信『微分方程式と解法』教育出版、一九七六
[58] 備仲臣道『司馬遼太郎と朝鮮』批評社、二〇〇七
[59] 福井雄三『「坂の上の雲」に隠された歴史の真実』主婦の友社文庫、二〇〇七
[60] 藤原彰『餓死した英霊たち』青木書店、二〇〇一
[61] 布施柑治『ある弁護士の生涯 —布施辰治—』岩波新書、一九六三
[62] ヘロドトス著、松平千秋訳『歴史』(全三巻)、一九七二
[63] 別宮暖朗『「坂の上の雲」では分からない日本海海戦』並木書房、二〇〇五
[64] 前田哲男・纐纈厚著『東郷元帥は何をしたか』高文研、一九八九
[65] 松尾尊兊編『石橋湛山評論集』ワイド版岩波文庫、一九九一
[66] ミシェリン・R・イシェイ著、横田洋三監訳、滝澤美佐子・富田麻理・望月康恵・吉村祥子訳『人権の歴史』明石書店、二〇〇八
[67] 三橋広夫訳『韓国の中学校歴史教科書』明石書店、二〇〇五
[68] 宮崎市定『史記を語る』岩波新書、一九七九
[69] 陸奥宗光著、中塚明校注『新訂 蹇蹇録』岩波文庫、一九八三
[70] 山田朗『世界史の中の日露戦争』吉川弘文館、二〇〇九
[71] 由井正臣校注『後は昔の記他 林董回顧録』平凡社・東洋文庫、一九七〇
[72] 吉見義明『従軍慰安婦』岩波新書、一九九五

謝辞

本書の原型は二年ほど前、NHKの『坂の上の雲』テレビドラマ化のニュースに危機感を抱いてまとめ、そのできが気に入らないまま放置してあった短文です。今年、NHK『坂の上の雲』放映の年にあたり、書きなおし世に問うことにしました。

旧稿を読んで出版を奨め続けてくれた友人・田村光彰（北陸大学教員、ドイツ戦後補償論）、友人・鶴園裕(金沢大学教員、朝鮮文化史)、出版仲介の労をとることを申し出てくれた義兄・中島晃(弁護士)の三氏の激励や、本書の叙述に対するさまざまな助言に深く感謝します。

また旧稿に付録「戦争の数学」を加えたのは、東信堂の二宮義隆氏の示唆によるものです。欲目かもしれませんが、そのことによって、料理の味にたとえれば、本書の「コク」が格段にましたように感じられました。その他の助言もふくめ同氏に深く感謝します。

著者紹介

半沢 英一（はんざわ えいいち）

東北大学理学部数学科卒。理学博士。現在金沢大学教員。

著書

『狭山裁判の超論理』解放出版社、2002

主要論文

「ステファン問題の古典解（英文）」（『東北数学雑誌』1981）
「シュヴァルツ超関数の理念の一般化（英文）」（『日本産業応用数学雑誌』1992）
「数学と免罪―弘前事件における確率論誤用の解析」（庭山英雄編『被告最高裁』技術と人間、1995所収）
「ナッシュの等距離埋蔵論文の影響についての私見」（『ナッシュは何を見たか』シュプリンガー・フェアラーク東京、2005所収）
「ナッシュのゲーム理論―正義と競争の数学的関係」（『数学通信』2007、日本数学会ホームページで公開）
「倭人伝の短里と中国古代天文学」（横田健一編『日本書紀研究 第二十二冊』塙書房、1999）
「聖徳太子法皇倭王論」（横田健一編『日本書紀研究第 二十四冊』塙書房、2002）
「ネオリベラリズムの反人権性―「シャーリーズ・セロン、イ・ヨンエ、反 WTO 闘争」を語る」（2008、金沢市フェアトレード・ショップ「アジール」ホームページで公開）

雲の先の修羅――『坂の上の雲』批判

2009年11月10日　　初　版第1刷発行　　〔検印省略〕

定価はカバーに表示してあります。

著者©半沢英一／発行者 下田勝司　　印刷・製本／中央精版印刷

東京都文京区向丘1-20-6　　郵便振替00110-6-37828
〒113-0023　TEL (03) 3818-5521　FAX (03) 3818-5514

発行所 株式会社 東信堂

Published by TOSHINDO PUBLISHING CO., LTD.
1-20-6, Mukougaoka, Bunkyo-ku, Tokyo, 113-0023, Japan
E-mail : tk203444@fsinet.or.jp　http://www.toshindo-pub.com

ISBN978-4-88713-943-5 C0021

東信堂

〈未来を拓く人文・社会科学シリーズ〈全17冊・別巻2〉〉

科学技術ガバナンス	城山英明編	一八〇〇円
ボトムアップな人間関係―心理・教育・福祉・環境・社会の12の現場から	サトウタツヤ編	一六〇〇円
高齢社会を生きる―老いる人／看取るシステム	清水哲郎編	一八〇〇円
家族のデザイン	小長谷有紀編	一八〇〇円
水をめぐるガバナンス―日本、アジア、中東、ヨーロッパの現場から	蔵治光一郎編	一八〇〇円
生活者がつくる市場社会	久米郁夫編	一八〇〇円
グローバル・ガバナンスの最前線―現在と過去のあいだ	遠藤乾編	二二〇〇円
資源を見る眼―現場からの分配論	佐藤仁編	二〇〇〇円
これからの教養教育―「カタ」の効用	葛西康徳・鈴木佳秀編	二〇〇〇円
「対テロ戦争」の時代の平和構築―過去からの視点、未来への展望	黒木英充編	一八〇〇円
企業の錯誤／教育の迷走―人材育成の「失われた一〇年」	青島矢一編	一八〇〇円
日本文化の空間学	桑子敏雄編	二二〇〇円
千年持続学の構築	木村武史編	一八〇〇円
多元的共生を求めて―〈市民の社会〉をつくる	宇田川妙子編	一八〇〇円
芸術は何を超えていくのか？	沼野充義編	一八〇〇円
芸術の生まれる場	木下直之編	二〇〇〇円
文学・芸術は何のためにあるのか？	吉岡洋・岡田暁生編	二〇〇〇円
紛争現場からの平和構築―国際刑事司法の役割と課題	城山英明・石田勇治・遠藤乾編	二八〇〇円
〈境界〉の今を生きる	荒川歩・川喜田敦子・谷川竜一・内藤順子・柴田晃芳編	一八〇〇円

〒113-0023　東京都文京区向丘1-20-6　TEL 03-3818-5521　FAX03-3818-5514　振替 00110-6-37828
Email tk203444@fsinet.or.jp　URL:http://www.toshindo-pub.com/

※定価：表示価格（本体）＋税